VISIONS FUGITIVES

Visions fugitives (un musicologue américain, sur la route d'un village de la Meuse ruiné pendant la Première Guerre mondiale, initiateur d'un puzzle dérangeant), comme *Hantise* (un architecte-paysagiste, victime d'une étrange schizophrénie) ou *Vidéo pour adultes* (le cynisme oxonien dans toute sa splendeur), sont un remarquable exemple des expériences de laboratoire littéraire auxquelles William Boyd aime à se livrer.

Bien que plus enclin à raconter et à inventer la vie des autres que la sienne, William Boyd n'a pas pu cependant résister à l'offre qu'on lui avait faite d'écrire pour la télévision autour de ses années d'école et de « public school » en particulier. Dans une très jolie *Protobiographie,* Boyd évoque précisément les souvenirs que lui ont laissés ses années de pensionnat. Et ils ne sont pas tristes !

Deux autres nouvelles émouvantes, *Fantaisie sur une valse aimée* (à Hambourg, une petite prostituée mélomane rencontre un jeune pianiste) et *Varengeville* (Georges Braque console un petit garçon) trouvent très logiquement leur place dans ce recueil qui pourrait aussi – si le titre n'existait pas déjà – s'intituler « *Je suis une caméra* ».

William Boyd, né à Accra (Ghâna) en 1952, a étudié à Glasgow, Nice et Oxford, où il a également enseigné la littérature. Il est l'auteur de deux autres recueils de nouvelles – La Chasse au lézard *et* Le Destin de Nathalie X – *et de sept romans* – Un Anglais sous les tropiques, Comme neige au soleil, La Croix et la Bannière, Les Nouvelles Confessions, Brazzaville plage, L'Après-midi bleu *et*

Armadillo – *qui l'ont consacré comme l'un des écrivains les plus doués de sa génération. En tant que scénariste, il a adapté à l'écran* Mister Johnson *de Joyce Carey,* La Tante Julia et le Scribouillard *de Mario Vargas Llosa et* Chaplin *pour Richard Attenborough. Il vient de réaliser son premier film,* La Tranchée. *Il vit à Londres avec sa femme Susan.*

William Boyd

VISIONS FUGITIVES

RÉCITS

Traduit de l'anglais
par Christiane Besse

Éditions du Seuil

La présente édition regroupe les textes suivants :

« Visions fugitives », première publication française
Librairie La Brèche, Bergerac
titre original : « Visions fugitives », © William Boyd, 1998
« Hantise », première publication française in *Le Monde,* 18 juillet 1998
« A Haunting », © William Boyd, 1998
« Fantaisie sur une valse aimée », nouvelle inédite
« Fantasia on a Waltz », © William Boyd, 1998
« Vidéo pour adultes »
« Adult video », première publication in *The New Yorker,* May 31, 1999
© William Boyd, 1999
« Varengeville »
« Varengeville », première publication in *The New Yorker,* Nov. 16, 1998
© William Boyd, 1998
Protobiographie (*« Souvenirs de la mouche-saucisse »* exceptée)
Titre original : *Protobiography*
The Bridgewater Press, Londres
ISBN 9534192-15
© William Boyd, 1998

TEXTE INTÉGRAL

ISBN 2-02-049520-1
(ISBN 2-02-035948-0, 1re édition)

www.seuil.com

Pour Susan

Visions fugitives

On continue tout droit et, bientôt, on aperçoit Saint-Julien-sur-Meuse. On atteint le village (totalement en ruine) après avoir traversé d'abord la ligne de chemin de fer puis une petite rivière, l'Andon. Les voitures peuvent monter jusqu'à l'église. Tourner à droite après celle-ci. On remarquera de nombreux abris et emplacements de batterie allemands. Depuis le chemin, à une centaine de mètres du village, on aperçoit sur le flanc de la colline un très vaste cimetière américain contenant près de vingt-huit mille tombes. On a d'ici une belle vue de la ville basse et de la vallée de la Meuse.

*

Paris. Hier. Un soleil mouillé de novembre sur des pavés luisants. Du givre fondu à l'heure du petit déjeuner. Avec un aplomb maussade, le garçon a raflé sur la table nos assiettes et nos tasses de café. Les mains de ma fille étaient écorchées, à vif d'avoir écaillé quatre cents huîtres la veille au soir, les jointures déjà marquées de minuscules croûtes brillantes. J'ai vu, quand elle m'a rendu la lettre et le vieux guide, que ses ongles étaient rongés jusqu'au sang. Elle est très belle, ai-je pensé, mais mortellement fatiguée, drainée de sa beauté.

« Qui est la petite fille avec Grand-Maman ? a-t-elle demandé. Non, Arrière-Grand-Maman. »

Je lui ai pris la photo des mains.

« Tu me parais mal nourrie, Millie, ai-je dit. C'est ta grand-tante Sarah.

– Mal nourrie… » Elle a éclaté de rire. « Tous les cuisiniers sont mal nourris. Sais-tu où tu vas ?

– En direction de Metz.

– Eh bien, conduis prudemment. Qu'est-ce qui t'a pris d'ailleurs ? Je croyais que tu étais en vacances. Est-ce bien raisonnable ?

– Je suis en vacances. Je suis venu te voir. Mais je me rends à Saint-Julien. Il faut que j'y sois le 4. » Je lui ai tendu une coupure de journal français. « C'est ce qui m'a inspiré. »

Elle lut : *MAVROCORDATO S'EST SUICIDÉ* *.

« Je ne comprends toujours pas, Papa. Qui est Mavrocordato ?

– C'est un metteur en scène. C'était un metteur en scène. »

*

L'homme alluma sa cigarette au mégot de celle qu'il venait de fumer. La fille tendit le bras, lui ôta ses lunettes de soleil et les chaussa. Lui ôta ses lunettes de soleil et les chaussa. Elle jeta un coup d'œil boudeur à travers le pare-brise et fit la moue : « Je suis fatiguée, dit-elle. Je veux m'arrêter. » « OK, dit l'homme. On s'arrêtera

* Les mots ou phrases en italique suivis d'un astérisque sont en français dans le texte original [NdT].

à la prochaine ville, bébé. » Il se tourna et la regarda. « Ne m'appelle jamais bébé, dit la fille. Jamais. » « OK, bébé », dit l'homme. La voiture dépassa à toute allure un panneau indicateur qui annonçait : SAINT-JULIEN, 3 KM. À travers le pare-brise s'ébauchait les contours d'une ville. Une petite ville sur une colline. Une vieille église entourée de cyprès. L'homme jeta un regard à la fille.

La femme nue est debout dans ce qui ressemble à un atelier d'artiste, un genou, le droit, reposant sur une chaise longue. Une tenture décorative sur le mur derrière elle. Elle est complètement nue, le torse un peu tourné vers la droite. Dans sa main gauche, elle tient un miroir où elle se regarde. Du bout des doigts de sa main droite, elle caresse le dessous de son sein gauche, doucement. Elle a des cheveux courts, mal permanentés, le maquillage exagéré et les lèvres rouge foncé d'une soubrette. Très 1920, peut-être un peu plus tôt. De minces épaules de gamine, et une tête qui paraît un rien trop grosse pour son corps. Au bas de la photo, quelqu'un a écrit son nom d'une écriture ferme et ronde : Irène Lagut.

« OK, bébé », dit l'homme. Il jeta sa cigarette par la vitre. Extérieur jour : la voiture abandonna la route nationale et se dirigea vivement, à toute allure, vers Saint-Julien, une grosse caisse sur la bande-son : tssssss-toup-a-tssssss, tssssss-toup-a-tsssssss, tssssss, tssssss, tssssss.

*

Chère madame Culpepper,

Merci pour votre lettre. Je ne sais pas si je peux être plus précis mais j'essaierai. Le village était presque complètement en ruine et s'appelait Saint-Julien, je crois. Je me souviens que nous avons traversé une ligne de chemin de fer et puis une petite rivière. Il y avait une ville basse et sur une colline au-delà se trouvaient une église et d'autres bâtiments, tous pas mal démolis. Je me rappelle trois vieux cyprès brisés par l'artillerie. La ville basse était calme, quelques cadavres ici et là, mais bien nettoyée. Le capitaine Shaw a expédié notre peloton sur la route vers l'église. Il était environ trois heures par un après-midi très doux, légèrement pluvieux. C'était le 4 novembre 1918...

*

Sur la photo, ma grand-mère, debout, tient la main de sa fille devant le panneau indicateur. SAINT-JULIEN ressort crûment, noir sur blanc, sur une photo plutôt floue, pâlie par le soleil. Tout autour d'elles gisent les ruines de la ville basse. Sur la colline, derrière, l'église et ses cyprès fracassés. Ma grand-mère est très raide (je me demande qui a pris la photo), sa fille (ma tante Sarah) a tourné un peu la tête vers elle, comme pour lui poser une question. La photo est datée de 1920, environ deux ans après la mort de mon grand-père.

*

J'en ai déduit que le bruit devait être causé par la réunion spontanée de cinquante camions-poubelles décidant d'un concours de départs arrêtés sur la Septième Avenue, pas mal d'étages en dessous, certes, mais dont les vibrations sonores étaient palpables jusqu'ici.

Incroyable. J'essayais d'écouter les *Variations sur un thème de Haydn* sur mon magnétophone tout en parcourant mes notes du concert de la veille au soir. L'effort requis me rappelait avec virulence la principale raison pour laquelle j'avais quitté New York. Je venais juste de monter le son quand mon petit déjeuner arriva. « C'est ouvert ! » criai-je, sans me retourner, en entendant le cliquetis métallique de la table roulante du service d'étage et le tintement du verre et de l'argenterie se frayant un chemin à coups de tremblotements percutants jusqu'à la fenêtre.

« Ah, Brahms ! » dit le garçon en arrangeant le couvert. Je tournai la tête. Sa voix, légère, roulait légèrement le R à la manière française.

Il se retourna. Elle se retourna. En tenue complète de garçon d'étage : rase-pet amidonné, pantalon noir, chaussures à lacets, nœud papillon noir. Des cheveux blonds tirés en un chignon strict. La trentaine finissante. Plus vieille que moi, calculai-je.

« *Aimez-vous Brahms* * ? dit-elle avec un sourire, en me tendant pour signature le mince carnet contenant l'addition.

– J'écris un livre sur lui », répondis-je, notant à la fois le creux soudain dans ma poitrine et le fait que son badge annonçait : JAY. Drôle de nom pour une femme.

« J'adore Brahms ! déclara-t-elle.

– Moi aussi, répliquai-je. Plus que la vie. »

*

... Nous étions presque arrivés à l'église quand les obus ont commencé à exploser sur la route. Certains d'entre nous se sont abrités dans le cimetière mais

celui-ci était visé aussi. Le lieutenant Povitch nous a crié de redescendre dans la ville basse. John et moi, et une douzaine d'autres, avons sauté par-dessus un muret qui ceinturait le cimetière. Devant nous, à gauche, sur la colline, on voyait une ferme en ruine et une vaste grange en pierre. Il était plus raisonnable de se mettre à couvert là-haut plutôt que de risquer la descente sur la ville basse. Nous prîmes cette direction, John juste derrière moi…

*

Ma grand-mère et sa fille Sarah descendirent à L'Hostellerie du Coq Hardi, à Rochette, dont, selon leur guide, « la cuisine d'origine a conservé ses amples proportions et ses innombrables ustensiles de cuivre ». Mon guide à moi ne mentionne pas cet établissement mais j'ai néanmoins décidé de m'arrêter dans cette ville, ne serait-ce que pour me mettre un peu dans l'esprit de ce pèlerinage impromptu. La route de Paris est calme et je découvre, à ma vague surprise, que j'éprouve vraiment du plaisir à conduire. Je coucherai quelque part à Rochette et je continuerai sur Saint-Julien demain, en prenant mon temps, et en m'assurant que, au moment où je gravirai la colline en partant de la ville basse, il sera environ trois heures de l'après-midi. S'il tombe une pluie légère, ce sera d'autant mieux.

*

Que Haydn n'ait jamais rien eu à voir avec la mélodie qui inspira à Brahms ses célèbres variations est un fait bien connu mais le titre est fermement établi, alors… Et alors quoi ? Et alors, autant qu'on s'y tienne. Comment exprimer cela plus élégamment ? Comment dire que l'idée que cet idiot a découvert une variation « manquante » est une foutaise totale, complète, de première bourre ?

Jay entra dans le bar et je reposai mes notes avec guère plus qu'un frémissement, un imperceptible froissement de papier. Elle portait une robe noire courte et ses cheveux étaient relevés, quoique plus lâches, le résultat d'une artistique manipulation d'épingles et de peignes d'écaille.

Nous nous serrâmes la main. Un geste d'une formalité apparemment excessive mais c'était une étrangère, rappelez-vous. Elle n'était pas américaine. Et elle s'assit à côté de moi. Elle me sourit tandis que dans la pénombre je *sieg* hélai le garçon qui se roulait les pouces.

« Où en est l'entreprise de démolition ? s'enquit-elle.

– Le *stiletto* a été inséré entre la septième et la huitième côte. Nous sommes à mi-chemin de la garde.

– Cette nouvelle variation était censée se placer où ?

– Une autre vodka-martini et… » Je me tournai vers Jay.

« … Une autre vodka-martini avec de la glace.

– Entre deux et trois. *Variation 2 (a)*, je suppose. Absurde.

– Obscène. Puis-je ? »

Elle prit une de mes cigarettes dans le paquet sur la table, brisa le bout filtre et la porta à ses lèvres, en la décentrant un peu. Je tendis la main vers mon briquet mais elle s'en empara la première. Elle fronça les sourcils, sans allumer sa cigarette, réfléchissant (à Brahms ?), la cigarette un peu décentrée, trois rides inégales entre ses fins sourcils blond foncé. C'est ainsi que je me souviendrai toujours d'elle, les sourcils froncés, essayant d'imaginer quelle possible sorte de variation aurait pu se loger entre les numéros deux et trois. C'est une des images que je garderai d'elle.

*

L'homme s'appuya contre l'embrasure de la fenêtre et posa son front sur une vitre fraîche. On entendit un bruit de chasse d'eau sur la bande-son *(over)* et l'homme ne se retourna pas. Le visage rond, impassible, d'Irène Lagut avant que la caméra descende le long de son corps. Ses petits seins, le renflement de son ventre, sa motte très nette de poils pubiens, ses genoux, ses pieds. Son nom. Irène Lagut. L'homme de profil : il ferma les yeux. La fille était dans la chambre à présent, une lumière plus forte venant de la salle de bains par la porte entrouverte. Elle portait un T-shirt blanc très ample (appartenant à l'homme ?) et une culotte noire qui ne dissimulait pas tout à fait la raie de ses fesses. L'homme se détacha de la fenêtre. « Combien de fois as-tu couché avec Urbain ? s'enquit-il sur un ton raisonnable. Tu peux me le dire. Ça ne m'affecte pas particulièrement. » La fille s'assit à la table unique de la chambre. Et se pencha un peu. D'après la configuration des plis de son vêtement, convexités et concavités, il était possible d'imaginer que, sous son T-shirt, ses seins étaient juste posés sur la table – le dessous effleurant à peine le dessus de la table. Elle avait une cigarette non allumée à la bouche, un peu décentrée, et s'était figée au moment d'arracher une allumette d'une pochette. Elle fronçait les sourcils, peut-être, imaginait-on, en train de réfléchir à une réponse à cette question. Elle te regarda droit dans les yeux, droit dans les yeux et, avec deux doigts, ôta la cigarette non allumée de sa bouche puis dit : « La France est vraiment un magnifique pays. » Ota la cigarette de sa bouche, se tourna, te regarda droit dans les yeux et dit : « La France est vraiment un magnifique... »

*

Jay ôta avec soin un brin de tabac sur la pointe rose de sa langue.

« Voulez-vous... » Je m'éclaircis la gorge. « ... dîner, rester ici, essayer...

– Je voudrais aller au cinéma, annonça-t-elle. J'aimerais par-dessus tout voir *Visions fugitives.*

– Décidez, Jay », dis-je.

Elle me regarda curieusement.

« Pourquoi m'appelez-vous Jay ? » demanda-t-elle.

Je lui expliquai.

Elle gloussa :

« Oh, ça ! Je n'ai fait qu'aider Jay. J'ai oublié d'enlever son badge. »

J'eus, une fois de plus, cette sensation de glissade en chute libre à l'intérieur de moi.

« Eh bien, repris-je, me voici désavantagé. Vous connaissez mon nom. Je croyais connaître le vôtre.

– C'est Irène », dit-elle.

*

Jusqu'aux bâtiments de la ferme, John était juste derrière moi. Il disait : « Allez, Bob, allons-y, allons-y, Bob. » En atteignant la ferme, nous vîmes qu'elle était très visible depuis les tranchées et les emplacements de tir de la ville haute. D'autres hommes qui avaient quitté en courant l'église s'étaient mis à l'abri derrière la grange, une antique bâtisse aux murs d'un mètre d'épaisseur. « Par ici, Bob, me dit John. C'est taillé sur mesure pour nous, mon pote. » J'entends encore sa voix alors que j'écris ces lignes. Il y avait un espace d'un peu plus d'un mètre entre l'angle de la ferme et l'auvent de la grange. John m'a poussé dans le dos et j'ai pris mes jambes à mon cou, j'ai contourné en courant la grange et je me suis jeté à terre. C'est alors que j'ai entendu l'explosion. Quelques tuiles se sont envolées du toit, suivies d'une fumée épaisse. Les poules qui se trouvaient à l'intérieur de la grange ont entamé un caquetage de tous les diables…

*

D'après la note de ma grand-mère en marge du guide, elle et Sarah mangèrent une « sorte de ragoût » le soir où elles couchèrent à Rochette, mais ni l'une ni l'autre ne firent preuve de beaucoup d'appétit. Je trouve une chambre à l'Hôtel du Cygne (deux étoiles), place des Halles, et, comme il se doit, je dîne d'un *bœuf en daube** cartilagineux à la Brasserie centrale, à cinq minutes de l'hôtel, un établissement surnéonisé, aussi obstinément fonctionnel que son nom.

En rentrant à pied le soir, je me dis qu'il existe peu d'endroits aussi résolument clos au voyageur qu'un village français en dehors des heures ouvrables. Même l'entrée de l'hôtel est fermée et il me faut sonner une demi-douzaine de fois pour arracher l'aimable patron à son écran de télé trémulant.

De ma chambre, je contemple la rue silencieuse, le reflet des lampadaires éclairant les voitures mortes en un monochrome nocturne, mouillé. J'ai cette sensation – vous devez connaître cette forme d'embarras qui naît lorsqu'on est étrangement seul– quand chaque geste, chaque grattage de tête, chaque raclement de gorge acquiert une signification curieuse, maniérée. J'ai l'impression de faire l'acteur. J'ai l'impression d'être filmé. J'ai l'impression de jouer une scène supprimée de *Visions fugitives.*

*

L'homme s'assit sur une chaise en bois et, tout en fumant, il regarda la fille dormir. Chant d'oiseaux, lumière matinale pénétrant à travers les volets mi-clos. L'homme était habillé mais la fille – le corps en grande partie sous un drap – était nue. Le visage d'Irène Lagut. L'homme écarta les vêtements de la fille, fouilla dans son sac en daim à franges, explora les poches de son manteau, alluma une autre cigarette, fit le tour du lit et s'accroupit en la fixant du regard. Le visage de la fille. Le visage de l'homme. Irène Lagut se tourna de quatre-vingt-dix degrés. L'homme se posta à côté de la fenêtre fermée. Se posta à côté de la fenêtre ouverte. Deux gendarmes dans la rue, en bas. L'homme se recula, se retourna et donna un coup de pied contre le lit. « Hé, lève-toi. J'amène la voiture. » La fille se réveilla et s'assit sur le lit, lentement. Son bras droit ramena le drap sur sa poitrine, pudiquement. Elle paraissait avoir vraiment dormi. L'homme quitta la pièce et la fille soupira – ennuyée, irritée. De sa main libre, elle repoussa des mèches de cheveux pour dégager son visage endormi, aux traits affaissés. Elle bâilla, un coin du drap glissa et faillit lui échapper complètement. On se demandait s'ils avaient fait l'amour la veille au soir. On entendit le bruit de la clé dans la serrure. La fille ne remua même pas la tête.

*

… John gisait sur le sol entre la ferme et la grange. Il gisait sur le flanc. Et il était très pâle, blanc comme un linge. Mais il n'avait aucune marque, pas une goutte de sang. Ça avait dû se passer instantanément – on m'a dit que le choc de certaines explosions peut produire cet effet. Il semble n'y avoir aucune cause évidente de mort, à part cette pâleur bizarre, comme si on vous avait retiré tout votre sang. Nous le tirâmes à l'abri du mur de la grange et nous attendîmes jusqu'à la nuit pour enfin retourner vers la ville basse. Je suis certain que tout s'est passé en moins d'une seconde et il est inconcevable qu'il se soit aperçu de quoi que ce soit. C'est exactement ainsi que je m'en souviens. J'espère que ceci vous est de quelque réconfort. J'ajouterai seulement qu'il paraissait très paisible. Le lendemain matin, notre bataillon fut retiré de Saint-Julien et nous restâmes cantonnés à Verdun jusqu'à l'armistice.

Sincèrement vôtre,
J. Robert « Bob » Quentin

*

***Visions fugitives* (1961). Un film de Jean-Didier Mavrocordato. Avec la participation de Alain Hoffman et Juliette Jodelet…** Je me rappelle l'affiche. Je me rappelle le cinéma du village offrant un festival de films « Nouvelle vague » des années soixante. Je me rappelle certaines scènes du film avec la précision du plus pédant des cinéphiles. Mais le reste demeure obscur. Il n'y a pas si longtemps pourtant. Douze, treize ans. Je n'ai jamais essayé de revoir le film. Le souvenir, avec tous ses manques, demeure vif, parfait encore que fragile, et je ne veux pas le troubler, je ne veux pas briser sa parfaite fragilité.

*

« Mavrocordato est suisse. Je suis suisse. Je crois qu'il a pour ce film utilisé un village suisse que je connais. Saint-Julien, ce n'est pas loin de chez moi.

– Où ça ?

– Près de Lausanne. »

Les lumières s'éteignirent. Le film commença. Le générique se déroula sur l'écran et la musique de jazz abrasive, mal enregistrée, remplit la salle. Coup de trompette argentin, chuintement et tapotement d'une brosse métallique sur une grosse caisse. Je ne pense pas avoir vu un film en noir et blanc au cinéma depuis plus de dix ans. Je regardai, avec la curiosité d'un anthropologiste, Alain Hoffman et Juliette Jodelet se promener main dans la main le long d'une corniche. Nice ? Villefranche ? Beaulieu ? Juan-les-Pins ? Je trouve difficile de me remémorer autre chose de la séquence d'ouverture du film. Dans la mouvance vif-argent de la pénombre, je sentis la main d'Irène Lagut s'emparer doucement de la mienne.

*

Qui était cette Irène Lagut ? Pourquoi Mavrocordato utilisa-t-il cette vieille photo dans son film ? En y faisant des retours constants ? Comme s'il s'agissait d'une vision de tourment absolu pour Alain Hoffman, en fuite avec l'exquise Juliette Jodelet… Étendu sur mon lit bosselé de l'Hôtel du Cygne, ma tête reposant sur le dur traversin qui se veut oreiller, je remue mentalement les images qui me viennent à l'esprit. Je ne dormirai pas, je le sais, mon esprit est à présent à l'œuvre dans l'obscurité parfaite de la chambre, dans ce calme absolu d'un silence d'hôtel – qui n'est aucunement sans bruit. Le changement de vitesse d'un camion au loin sur la *route nationale**, les gloussements du chauffage central, les craquements sourds d'une vieille bâtisse, les chuchotements de confessionnal d'une chasse d'eau quelque part à l'étage au-dessous. Chhhhh.

Vous connaissez ces heures de la nuit en roue libre, quand vos pensées errent en liberté, parfois chargées de désespoir mais parfois inspirées et presque miraculeuses – cette nuit en est faite. Et juste avant que je ne commence à sommeiller, je crois la tenir, ma Théorie de Tout. Elle concerne, je le décide, de mystérieuses paraboles, comme si un projectile était lancé, une pierre, un javelot, une flèche, expédié très haut en direction de votre vie. Un jour, il redescendra, en suivant sa courbe parabolique, et viendra vous frapper, rebondir ou simplement vous manquer. Il me semble, dans l'éblouissante obscurité de cette chambre d'hôtel aux volets clos, que, parfois, nos vies sont parsemées de ces mystérieux retours à la terre. La plupart du temps, ils passent inaperçus – ou alors nous n'en sommes qu'à moitié conscients. On s'arrête, on se retourne pour regarder et prendre ses marques – on frissonne, on réfléchit, on oublie – mais on ne se rend pas vraiment compte que l'on a croisé le chemin d'une mystérieuse parabole. Et même si c'est le cas, même si on accepte que quelque chose se soit passé, que quelque chose ait changé, on ne comprend pas, faute de pouvoir retracer cette parabole depuis son commencement. Nous connaissons tous ces moments de révélation éphémère qui touchent nos vies. Le grand problème, l'immuable problème c'est de leur donner un sens…

La mort bizarre de John Culpepper à Saint-Julien, le 4novembre 1918. *Les Variations sur un thème de Haydn* de Brahms. Jay devenant Irène. (Voilà un cas : elle a reconnu Brahms. Et si elle ne l'avait pas fait ?) *Visions fugitives.* La décision de Jean-Didier de tourner son chef-d'œuvre de la Nouvelle vague dans cette petite ville sur la Meuse où mon grand-père est mort. L'idée erronée d'Irène selon laquelle le film aurait été tourné près de Lausanne, à l'origine de notre dispute. Le suicide de Mavrocortado (cela m'a touché, m'a effleuré, mais seulement parce que je suis ici, en France). Je ne serais pas étendu sur mon impitoyable lit de l'Hôtel du Cygne si John Culpepper n'avait pas poussé en premier son ami Bob dans l'espace à découvert entre la ferme et la grange, au lieu d'y aller lui-même.

*

« Brahms a choisi quelque chose de profondément obscur et à travers l'alchimie spéciale de son génie l'a transformé en l'un des airs les plus connus du répertoire orchestral. La mélodie qu'il a choisie n'a rien à voir avec Haydn, elle forme le second mouvement d'une *Partita*, probablement d'un certain Ignaz Pleyel, et qui pourrait à son tour venir d'une source plus ancienne et encore plus oubliée… »

Irène s'arrêta de lire. Elle était assise au bureau de ma chambre d'hôtel, mon tapuscrit devant elle. Elle se penchait un peu, appuyé sur ses coudes, et l'on pouvait imaginer, d'après les creux et les bosses du haut de sa robe, que sa poitrine caressait tout juste la table, que le dessous de ses seins frôlait à peine le plateau de la table.

« Intéressant, dit-elle. J'ignorais cela.

– Continuez, dis-je. Ça semble meilleur quand vous le lisez. Votre accent le fait paraître plus intelligent.

– Je pense au Brésil, reprit-elle. Je crois vraiment que je devrais maintenant aller au Brésil. »

Je reversai du whisky dans son verre et ajoutai quelques glaçons. J'avais la gorge serrée. Je ne sus rien répondre, absolument rien. Elle reposa mon tapuscrit et prit la photo encadrée de cuir de ma femme et de mes enfants, la photo que j'emporte en voyage.

« Comment s'appellent vos filles ?

– Millie. Et Lucy. Lucy et Millie.

– Quel âge ont-elles ?

– Six et quatre ans. Millie est l'aînée. »

Elle se leva, le regard distant, fit le tour du bureau et vint vers moi pour prendre son verre.

« C'est merveilleux ça, non ? dit-elle. De s'emparer de quelque chose d'aussi obscur et de le rendre aussi mémorable.

– Quoi ? Ah, vous voulez dire Brahms, les *Variations*…

– Mais nous faisons tous cela, je pense, non ? Dans nos vies, à notre façon. Ou du moins parfois nous essayons. On devrait essayer quand on a la chance de faire ce qu'a fait Brahms.

– Oui. Ce n'est pas si facile. Je suppose qu'on…

– … ou peut-être devrais-je aller au Mexique. Qu'en pensez-vous : le Brésil ou le Mexique ? »

Je m'écartai un peu d'elle, il le fallait, juste à cet instant.

« Vous savez, dis-je, il n'est pas possible que ce village ait été en Suisse. Ce village n'est pas en Suisse, ce Saint-Julien. Il est certainement en France. »

Elle rit :

« On se dispute ? demanda-t-elle. Comment pouvez-vous être aussi affirmatif ? Prouvez-le. »

*

L'homme enferma la fille dans la chambre et elle ne se retourna même pas au bruit de la clé dans la serrure. Quand l'homme revint et ouvrit la porte, la fille était partie. Impossible de me rappeler si on l'avait vue partir. Impossible de me rappeler comment la fille était sortie de la pièce.

*

Il est presque trois heures, le ciel est lourd, avec des nuages bas, serrés, grisâtres, mais il ne bruine pas tandis que je monte la rue en pente qui mène de la ville basse à la ville haute, bien qu'à présent toute trace de division ait été effacée par près de quatre-vingts ans de construction et de développement. Je passe devant un teinturier, un marchand de journaux, une épicerie, un fleuriste, une agence immobilière et une pâtisserie vide avec un écriteau À VENDRE glissé entre le store vénitien et la vitrine poussiéreuse.

L'église se dresse toujours un peu à l'écart, isolée par un large talus herbeux et un sentier de gravier, et le mur du cimetière est assez haut pour dissimuler toutes les tombes excepté les plus hautes. J'en fais le tour et m'arrête un moment à l'abri du mur pour examiner la solide ferme en pierre sur le haut de la colline et, à sa gauche, juste à côté, une superbe vieille grange. Maintenant, il y a là une route asphaltée à voie unique qui serpente entre des jardins et un champ tondu par des vaches au poil beige luisant. Je songe à John Culpepper et à son ami Bob Quentin s'abritant ici, près du cimetière. À leur place, j'aurais moi aussi foncé vers la ferme et ces épais murs de pierre.

*

Le soleil brillait. La réverbération était aveuglante, brouillant les contours comme si l'exposition était mauvaise. Il était difficile de distinguer les bâtiments dans les rues. L'homme demeurait planté là, en train de fumer. Il arrêta un passant et lui posa une question. Il était impossible d'entendre ce qui se disait à cause du bruit de la musique d'accompagnement et de l'insistance de la grosse caisse. Visage de l'homme examinant la rue d'un bout à l'autre. L'homme marchant vers sa voiture. Les passants se retournaient et regardaient bouche bée : il était clair qu'ils savaient que cet homme était un acteur (je me souviens avoir pensé cela, je me souviens avoir noté leurs expressions) : ils étaient sidérés de voir tourner un film dans leur petite ville.

*

« Vous savez, j'ai eu une pensée dérangeante : il n'était pas vraiment votre grand-père, dit Irène se dirigeant vers la porte.

– Non. Mais on l'a toujours appelé Grand-Père Culpepper. Je l'ai toujours considéré comme une sorte de bon-papa. Ma grand-mère ne cessait de parler de lui, de raconter sa mort au cours de la guerre, une semaine avant qu'elle ne se termine. C'est ainsi que je connais cet endroit, Saint-Julien, où il est mort. J'ai vu une photo, je l'ai reconnu.

– Votre grand-mère s'est remariée…

– En 1927. Elle a eu un autre enfant – ma mère. »

Elle réfléchit, en faisant la moue.

« Écoutez, je vous apporterai votre petit déjeuner. »

Elle se pencha pour m'embrasser de nouveau, mais rapidement, sur les lèvres. Je tendis la main vers elle.

« Non, dit-elle. Je vous verrai demain matin. Il faut que je parte.

– Café noir et croissants. Pour deux. Quelle était cette pensée troublante ?

– Ah, oui. Vous rendez-vous compte ? » Debout dans l'entrée, appuyée contre le mur dans l'entrée, son corps rejeté en arrière, contente d'elle. Je sentais le goût de son rouge à lèvres dans ma bouche. « … Si votre grand-père Culpepper ne s'était pas fait tuer à Saint-Julien… vous ne seriez pas ici. Bonsoir. »

Elle se redressa, me montra les paumes de ses mains, les épaules haussées, les sourcils levés, souriante – la fille qui a remporté le prix avec la dernière question du jeu télévisé.

« Café noir et croissants, dit-elle. Pour deux. »

Comment aurais-je pu savoir que je ne la reverrais jamais ?

*

Le directeur me regarda patiemment et sans le moindre agacement, comme si sa pratique l'avait préparé à toutes sortes de requêtes bizarres, beaucoup plus bizarres que la mienne.

« Nous avons bien, dit-il, un serveur appelé Jay qui travaille dans notre cafétéria. Jay Duveen. Mais il est en congé depuis quatre jours. Nous n'avons aucun membre du personnel du nom d'Irène. Pas dans notre ordinateur en tout cas. »

Il prononça son nom « Ayerine ».

Il sourit, un sourire pas inamical.

« Si vous pouviez vous rappeler son nom de famille, monsieur, ce serait précieux. »

Précieux. Ce serait précieux. Certes.

« Elle est suisse, dis-je. La bonne trentaine, grande, blonde. Une amie de ce Jay, j'imagine.

– Il y a plus de neuf cents employés dans cet hôtel, monsieur. Et je ne saurais vous dire combien de douzaines d'aides temporaires nous engageons chaque jour durant…

– Vous avez été très aimable. »

*

L'espace entre l'angle de la ferme et l'auvent de la grange est plus important que dans le souvenir de Bob Quentin. Je le mesure à grandes enjambées : quatorze mètres. Le fermier et son fils se tiennent respectueusement un peu à l'écart, observant cet étrange Américain d'âge mur en train d'examiner un angle banal de leur cour de ferme. « Allez, Bob, allons-y, allons-y, Bob », avait dit John Culpepper. Je sors de l'abri de l'auvent de la ferme, compte huit pas et m'arrête à égale distance de la ferme et de la grande grange en pierre. Sous mes semelles une herbe haute, boueuse, assez piétinée. En bas se trouve le cimetière et au-delà la vilaine banlieue semi-industrielle de Saint-Julien, les garages, les magasins de discounts, les dépôts agricoles. La ligne de chemin de fer est là et la Meuse paresseuse. Je pense que, à un poil près, je me trouve à l'endroit où est tombé John Culpepper.

*

L'éclairage vespéral ici près de la ferme a une couleur d'étain froid. Un reflet d'argent terni surgit d'un méandre de la rivière tandis que le ciel s'éclaircit un instant. Je dis au revoir au fermier et à son fils *(« Mon grand-père, ah, était tué ici, en, ah, mille neuf cent dix-huit * »)* et je traverse le pré imbibé de rosée pour gagner l'église. À deux cents mètres environ de l'église, je m'arrête et regarde derrière moi la ferme, la grange et le fragment de ciel blanc entre elles. « Par ici, Bob, c'est taillé sur mesure pour nous, mon pote. »

En me retournant une fois encore, je vois une petite silhouette au coin du mur du cimetière. Une femme vêtue d'une robe – ou bien d'une jupe et d'un chandail

– du bleu le plus pâle, avançant d'un long pas assuré et montant la colline dans ma direction. Une blonde aux cheveux mi-longs. Elle agite la main et appelle, et je crois qu'elle crie mon nom, mais je n'en suis pas sûr. Je ne peux plus être sûr de quoi que ce soit car elle me semble familière. Venant vers moi à travers l'herbe lourde de rosée du pré, par cet après-midi de froide grisaille, se dessine une vision, une vision d'Irène.

*

En quittant Saint-Julien, prendre le C. C. 38. La route est intéressante mais en mauvais état, et il faut être prudent durant les quelques kilomètres qui suivent. La vue est impressionnante. La colline 238, de l'autre côté de la vallée, est littéralement labourée par les obus, et pas un seul arbre ne subsiste *(voir photo, p. 18)*. Après la traversée du pont sur l'Aisne et l'entrée dans la ville, on remarquera la maison sur la gauche, au numéro 8. Il s'agit du vieux relais de poste où Louis XVI fut reconnu au cours de sa fuite en 1791. Quand la berline s'arrêta près de ce relais en plein jour, le fils du maître de poste pensa avoir reconnu le roi. Ses concitoyens se gaussèrent de lui, l'accusant d'avoir des visions. Le fils du maître de poste, convaincu d'avoir raison, suivit l'attelage jusqu'à Varennes où il le rattrapa, vit ses soupçons confirmés et fit arrêter la famille royale.

On trouvera rue Chanzy plusieurs hôtels confortables et à prix raisonnables.

Hantise

I. LOS ANGELES

« Je m'appelle Alexander Rief. Je m'appelle Alexander Rief. Je m'appelle Alexander Rief – et je crois que je deviens fou. »

*

C'est dans la cabine de première classe d'un jumbo-jet, en route pour Los Angeles, que j'écrivis ces mots dans mon carnet de notes, pensant – autant que je m'en souvienne – que la simple répétition de mon nom me donnerait une sorte de prise sur une raison en passe de me fuir très vite. Je regardais mes dessins pour le projet Demarco dans Pacific Pallisades et me sentais relativement bien : j'avais déjeuné sans boire une goutte d'alcool à cause de la vague migraine dont je souffrais. Migraine qui avait débuté environ une heure après le départ de Londres : rien de très extraordinaire en soi – à ceci près que je souffre rarement de maux de tête – mais je me rappelle celle-là parce qu'elle faisait, presque physiquement, le tour de mon crâne, un peu comme si quelque chose rampait à l'intérieur, partant de la nuque et puis se déplaçant le long du côté droit pour se loger au centre du front. Je pris deux aspirines et attendis que l'analgésique fasse son effet mais sans succès apparent. La migraine augmenta d'intensité au point de ne plus pouvoir l'ignorer. Pas aveuglante, ni vibrante mais indubitablement là, lancinante. Je massai mon front du bout de mes doigts, le frottai avec le baume calmant fourni dans le sac de toilette offert gracieusement en première classe, et enfin sortis mes papiers avec l'espoir d'amoindrir la douleur en m'en détournant, ou du moins d'avoir autre chose en tête que ces visions de caillots de sang, d'attaques et de tumeurs qui commençaient à s'immiscer dans ma raison.

Je contemplais donc mes dessins des terrasses Demarco, le mouvement des sentiers descendant vers la piscine et ses plantations, et je pris mon crayon pour ajouter de petites hachures au rang de cyprès que j'avais décidé de mettre derrière le *pool-house*.

J'entreprenais d'ombrer le feuillage quand soudain je sentis mon bras se refroidir comme sous l'effet d'un courant d'air sur ma droite. En même temps je remarquai, sans toutefois le sentir, que ma prise sur le portemine en argent se renforçait, que mes ongles rougissaient et qu'une légère mais discernable poussée faisait trembloter la pointe du crayon tel un sismographe sur le point d'enregistrer une éruption majeure.

Et puis je commençai, ou plutôt ma main commença, à tracer des signes, de grands signes vigoureux à travers mon délicat dessin des terrasses Demarco. Ces signes ressemblaient à un genre de X allongé, chacune des quatre branches étirée à l'horizontale. Ma main soulevait le crayon de la page afin que le signe soit bien tracé et, dès que j'en avais fini un, elle entamait aussitôt le suivant. Bientôt mon croquis en fut recouvert et je tournai la page pour permettre au phénomène de se poursuivre. Ce qu'il fit, avec fermeté et minutie, tous les X de la même taille, sans rien de dément ni de frénétique dans leur forme.

Je demeurai là, presque sans respirer, tandis que ma main droite continuait à marquer la page indépendamment. À un moment donné, je posai ma main gauche sur mon poignet droit mais sans pouvoir exercer la moindre force : le crayon continua à se mouvoir. J'ôtai bientôt ma main et regardai la masse des X noircir peu à peu la feuille entière. Tandis que le personnel de cabine passait et repassait dans la travée, je me penchai en avant pour donner l'impression que j'écrivais. En proie à une terreur inhabituelle, je transpirais abondamment. Alors que ma main droite se promenait à son gré sur la page, je me demandai si quelque chose s'était détraqué dans mon cerveau – si la migraine était le signe de la rupture de vaisseaux sanguins vitaux ou d'un dysfonctionnement fatal de mes neurotransmetteurs, et je commençai à percevoir dans mon oreille interne un gémissement silencieux – une mélopée confuse et désespérée – comme si mon âme, l'âme d'Alexander Rief, avait perdu le contrôle du corps qu'elle habitait.

La « crise », l'« attaque », parut durer, je ne sais pas, cinq, dix minutes, je n'avais pas regardé ma montre. Soudain, je sentis ma main droite s'arrêter et la pointe du crayon demeurer inerte sur la page. Mon bras, que je touchai doucement des doigts de ma main gauche, était de nouveau tiède. Je laissai tomber le crayon, serrai et desserrai mon poing. Mon cerveau paraissait vide, brusquement calme après le tapage de ma détresse intérieure, et je soufflai lentement. Je ramassai le crayon avec soin, le tournai entre mes doigts et écrivis mon nom : « Je m'appelle Alexander Rief. Je m'appelle Alexander Rief… » Ce n'est que dix minutes plus tard, quand je me fus quelque peu calmé, que je remarquai que ma migraine avait disparu.

*

> Assis dans l'obscurité croissante de ce jardin californien, notai-je ce soir-là dans mon journal, je me demande ce que diable il m'a pris à bord de l'avion. Pression du travail ? Mini dépression nerveuse ? Ces signes d'une conduite aberrante peuvent affliger un individu de cette manière totalement imprévue, je sais, mais jusqu'ici j'ai vécu ma vie sans aucune crise de stress, aussi stressante qu'ait été la situation dans laquelle je me trouvais. À présent, je me sens fatigué mais parfaitement normal. J'ai téléphoné à Stella à Londres et j'ai décidé de ne rien lui dire de ce qui s'était passé. Est-ce sage ? Qui sait ? Il n'y a pas de raison de l'inquiéter indûment. Demain : chez Demarco pour un examen des plans redessinés. John-Jo arrive mardi par avion.

Le reste de cette soirée se déroula sans rien de remarquable : j'appelai le service d'étage, commandai une assiette de spaghettis, bus une demi-bouteille de chardonnay et tentai de demeurer éveillé le plus longtemps possible afin d'atténuer l'effet du décalage horaire, de tromper mon horloge corporelle, encore à l'heure londonienne. Je me promenai dans les jardins frais, discrètement éclairés, de l'hôtel, et repensai à ce qui m'était arrivé dans l'avion, passant en revue la séquence des événements, cherchant à découvrir si une analyse plus poussée y apporterait une réponse. Aucune explication simple ne se présenta. De retour dans ma chambre, je sortis mon carnet de notes, pour examiner mes croquis défigurés et réfléchir à cet amas touffu de signes cryptiques que ma main avait tracés à travers les pages. Qu'étaient ces X allongés ? Que pouvaient-ils signifier ? Je fis opérer au carnet un tour de quatre-vingt-dix degrés sans m'en trouver plus avancé. À la verticale, ces X ressemblaient à des sabliers schématiques. Ils paraissaient n'avoir aucun sens. J'en copiai un sur le bloc de papier à lettres de l'hôtel, me demandant soudain si cet acte allait déclencher de nouveaux symptômes mais cette fois ma main obéit à mon cerveau. Que disait Hamlet à Horatio, déjà ? « Il y a plus de choses dans le ciel et sur la terre que n'en rêve votre philosophie… » J'éteignis la lumière et m'endormis – relativement vite.

*

John-Jo Harrigan, mon vieil ami et associé, passa sa main dans ses cheveux roux clairsemés, plissa les yeux et, détournant son regard de l'horizon bleu barbouillé sur la mer pour le porter vers moi, me contempla, l'air franchement déconcerté.

« Demarco est très inquiet, dit-il. Il aimait tes premiers dessins. Beaucoup.

– Ils étaient mauvais. Tout était mauvais. La forme de la piscine était mauvaise.

– Il veut une piscine rectangulaire. Sa femme est une nageuse enragée. Elle aime faire ses longueurs chaque jour.

– Quand il verra les nouveaux plans, il changera

d'idée. Je ne sais pas à quoi je pensais. Attends de les voir, J.-J. » Je lui tapotai la main. « La maison aura une gueule folle.

– Il affirme qu'il ne souffrira aucun retard. »

John-Jo alluma un de ses petits cigares malodorants. « Ça me plaît, ça : “souffrir”.

– Il a un doctorat de Princeton. Ce n'est pas un abruti de milliardaire.

– Nous ne sommes pas des abrutis d'architectes. Il n'y aura pas de retard. »

Nous repartîmes le long de la jetée de Malibu vers la plage.

« Je crois qu'on peut fumer sur la jetée, dis-je.

– En fait, ce qui l'a vraiment mis en rogne, je pense, c'est que tu ne t'étais pas rasé pour le rendez-vous.

– Je suis un architecte-paysagiste, pas un comptable.

– Tu te laisses pousser la barbe ? » ricana John-Jo comme si l'idée était inconcevable.

Je tâtai mon menton piquant, râpeux.

« Je n'avais simplement pas envie de me raser, répliquai-je, avec une grimace. Rêverie californienne.

– Tu n'es qu'un foutu hippie ! s'écria John-Jo en rigolant. J'ai prévenu Stella, elle a refusé de m'écouter. Je lui ai dit, je m'en souviens : “Stella, chérie, tu épouses un sacré bon dieu de hippie.” » Il me sourit. « Allons boire un verre, conclut-il avec un geste en direction du bar-restaurant qui ouvrait tout juste. Et puis je m'en irai convaincre Demarco que tu es un génie. »

Je déménageai de l'élégant et impossible hôtel avec ses sombres jardins luxuriants afin de retravailler les paysages Demarco dans une solitude idéale. Je louai un studio dans Venice, à une rue de la plage, avec canapé-lit, douche et kitchenette. Spartiate et, après une demi-journée de ménage, aussi propre qu'il pouvait l'être. J'achetai un grand bloc de papier dessin, des plumes, des pinceaux, des encres de couleur et me mis au travail. Je savais que je devais produire quelque chose d'instantanément saisissant : mes nouveaux plans différaient de manière si dramatique des précédents que Demarco devait en tomber amoureux sur-le-champ – aucune tentative de persuasion ne le ferait changer d'idée. Je n'avais droit qu'à un coup, un seul – et il fallait donc que les dessins fussent aussi achevés que possible, l'audace du concept sautant aux yeux tout de suite, à la seconde.

J'avais un téléphone mais décidai de ne donner mon numéro à personne. Je m'arrangeai avec l'hôtel pour qu'on y prenne mes messages que je recueillais deux fois par jour. Je ne fis part ni à Jo ni à Stella de mon déménagement. Je leur téléphonais comme si j'étais encore à l'hôtel – un subterfuge facile à entretenir. Plus tard tout ceci devait me retomber fatalement dessus.

*

> 15 mai. Mardi, je crois. Bon travail ces deux derniers jours, intense et concentré. Je pourrais vendre ces dessins à une galerie. Un événement curieux. Ma barbe poussait ; je ne m'étais pas rasé depuis mon arrivée, soit quatre jours, et ça commençait à me démanger et à me gratter. J'allai me raser et découvris que je pouvais raser ma mâchoire mais pas ma lèvre supérieure. Je plaçai le rasoir sous mon nez mais je ne pus bouger ma main. J'essayai de la main gauche mais avec le même insuccès – on aurait cru mes

muscles figés. Refusant d'obéir aux ordres de mon cerveau. Partout ailleurs sur mon visage je procédai sans problèmes. Je rinçai la mousse et aperçus sur ma lèvre le début d'une fine et vaste moustache, une moustache qui ne s'arrêtait pas à la commissure des lèvres mais dont les poils descendaient et remontaient sur la joue dans un vague mouvement de guidon. Bizarrement, ce que je vis me plut. Je me faisais penser à de vieilles photos de cow-boys célèbres : Buffalo Bill, Wyatt Earp – très XIXe siècle et qu'on devrait remettre à la mode.

Pourquoi fus-je si peu troublé ? Je n'avais jamais eu de moustache dans ma vie, alors pourquoi maintenant ? Je justifiai la chose comme un désir inconscient de me fondre dans Venice, de devenir un véritable habitant de cette bizarre Banlieue-sur-Mer, nichée entre la respectable Santa Monica et les terrains vagues des zones industrielles autour de l'aéroport.

Je passais le plus gros de la journée chez moi à travailler, avec des incursions à la laverie ou au supermarché, je dormais comme un loir sur mon lit étroit et, chaque matin, au lever du soleil, j'allais courir sur la plage. Ma moustache poussait. Je me rappelle m'être entrevu dans une vitrine alors que je revenais en serrant contre moi un sac brun plein de provisions – je portais des jeans et un T-shirt, mes cheveux gris étaient hirsutes et dépeignés – et, durant un instant, je ne me reconnus pas. Une moustache peut modifier profondément un visage familier. Je fis halte, me retournai et fixai mon reflet : là encore, ce que je vis me plut. Personne n'aurait su que c'était moi, je me souviens avoir pensé avec un sourire tout en regagnant mes pénates. Je téléphonai à Demarco et fixai un rendez-vous pour le lendemain : les dessins étaient prêts.

*

Ce soir-là, je me rendis dans un bar du nom de Moon. Il était sombre et décoré avec prétention sur un insistant thème lunaire – des lunes multicolores sévissaient partout. La musique était bruyante et agressive mais, vu que nous étions à Venice, la clientèle offrait une remarquable diversité – tous les âges, toutes les dégaines, du beau et du grotesque – et je ne me sentais donc pas dépaysé. Je m'assis au bar et commandai un cocktail nommé « mer de la Tranquillité », bleu de couleur, étrangement doux-amer de goût – peu m'importait son contenu. Je sirotai mon verre, mon attention totalement retenue par la fille derrière le comptoir.

> 19 mai. Cette fille n'était pas jolie, elle avait un visage dur aux traits tirés, des petites dents irrégulières et la lèvre inférieure percée d'une épinglette. Son épaule droite s'ornait du sombre tatouage d'un signe cabalistique en volutes. Elle portait un tricot de corps délavé, un cycliste en tissu élastique et de grosses godasses de montagne. Après ma troisième « mer de la Tranquillité » et mon troisième pourboire de deux dollars, elle consentit à me sourire et me demanda si je fêtais quelque chose. « Demain, répliquai-je. Mettez le champagne à rafraîchir. » Elle avait des bagues à chaque doigt, y compris les pouces. « Panier percé, hein ? fit-elle, guère impressionnée. D'où sortez-vous, à propos ? » Elle ramassa les dollars. J'étais saoul mais je la voulais, je voulais sentir cette épinglette m'égratigner le corps. Je lui dis donc

mon nom, d'où je venais et que je serais là le lendemain pour mon champagne. Elle m'informa qu'elle s'appelait Leandra.

Je marchai jusqu'à la plage. C'était un dimanche et la foule dominicale avait complètement disparu à l'exception d'un patineur ou d'un cycliste filant à toute allure d'un bout à l'autre des allées cimentées. Les Veniciens étaient encore là : les colporteurs, les culturistes, les mendiants, les liseurs de tarot, les monologueurs et diverses autres âmes perdues et marmonnantes qui allaient et venaient. Je passai devant un guitariste (un cul-de-jatte, en l'occurrence) assis dans un fauteuil de coiffeur égrenant lentement ses notes, et la combinaison de la musique, de mes « mer de la Tranquillité », du bruit des vagues de l'océan invisible ajoutés à la brise tiède firent naître en moi un profond et divin moment de bonheur. Je sentis que j'avais atteint une étape importante dans ma vie, non pas un tournant ou un point critique, simplement un de ces jalons, une de ces bornes. Une douce sensation de vieillissement, peut-être, de l'horloge corporelle sonnant l'heure.

« Je vois que vous êtes un homme heureux, lança une voix. Un homme qui a réussi. »

Je reconnus le ton classique du diseur de bonne aventure et me retournai sur un grand homme mince coiffé d'un feutre noir, ceinturé, frangé et emperlousé comme s'il auditionnait pour le rôle d'un devin bohémien dans une pantomime. Il brandissait un bouquet de bruyère blanche.

« Regardez, dit-il. Vous êtes écossais et j'ai de la bruyère blanche. Je savais que je rencontrerais un Écossais aujourd'hui. »

Pas un diseur de bonne aventure, pensai-je, juste un autre de ces Veniciens déjantés.

« Je suis anglais, répliquai-je, il y a une grosse différence.

– Oh non, vous êtes écossais. Achetez ma bruyère blanche pour cinquante dollars. Elle vous portera chance.

– Non, merci. »

Je tournai les talons et m'éloignai. Je n'avais pas besoin de sa chance.

« Donnez-le à Sarah. »

Je fis halte.

« Donnez-le à votre petite amie, Sarah. Sarah, celle que vous aimez.

– Je crains que vous n'ayez tout faux. Écoutez, ça devient gênant.

– Votre fille Sarah, alors.

– J'ai deux fils. Bonsoir. »

Je le laissai et repartis à grandes enjambées puis ralentis, essayant de recouvrer la sérénité que j'avais si brièvement éprouvée mais je n'y parvins pas. Les certitudes absurdes du diseur de bonne aventure avaient brisé le charme et, chose assommante, ses mots me poursuivirent sur le chemin du retour. La bruyère blanche portait chance – pourquoi ? Qui en avait décidé ainsi ? Je ne pus pourtant m'empêcher de penser que j'aurais dû acheter son porte-bonheur.

*

Vêtu d'une chemise crème, d'un pantalon marron et chaussé de souliers deux tons, Odell Demarco m'attendait sur le chantier. On coulait du ciment dans les nouvelles fondations de la maison que John-Jo avait dessinée. Devant, et faisant face à la mer, s'étendait un terrain de trois hectares en pente douce que j'étais censé transformer en un jardin paradisiaque. Demarco me serra la main avec un petit sourire tendu.

« Hé, Alex ! dit-il en guise de salut. La moustache – ça me plaît, ça vous va bien.

– Merci, Odell », répliquai-je.

Il ne m'avait pas autorisé à l'appeler Odell mais il n'était pas dans les habitudes du cabinet Harrigan-Rief de lécher les bottes des clients, aussi riches fussent-ils. S'il voulait que je l'appelle Monsieur Demarco, il n'avait qu'à m'appeler Monsieur Rief.

« Où est Yolanda ? » m'enquis-je, Yolanda étant la deuxième, voire la troisième, Madame Demarco.

« Yolanda est un peu inquiète, si je peux être franc, dit Demarco, les yeux brillants de franchise inquiète. Elle a souhaité que je vienne seul à cette réunion. Mais elle m'a demandé d'insister sur la piscine de vingt-cinq mètres.

– Elle aurait dû venir, rétorquai-je, souriant. La piscine fait maintenant cinquante mètres de long. » Je posai mon carnet de dessins sur le vaste capot luisant de sa voiture. « On se met au travail ? »

*

Ce soir-là au Moon, je commandai à Leandra une bouteille de Krug millésimé et insistai pour qu'elle en prenne une coupe. J'entendis le « ting » de son épinglette contre le verre lorsqu'elle le porta à ses lèvres.

« Oh, j'aurais dû formuler un vœu, dit-elle. Que célébrons-nous ? »

Je levai mon verre.

« Mort aux Philistins ! » m'écriai-je.

Demarco avait fait montre d'une fermeté et d'un calme remarquables lorsqu'il m'avait viré le matin même, et, tout à coup, je vis le milliardaire en lui, et son assurance de magnat impitoyable. Il m'ordonna de rétablir sur-le-champ mes plans originaux et je refusai poliment. Il m'enjoignit de les lui rendre – avec leurs terrasses planes, leur parfaite symétrie – et de nouveau je refusai. Il me menaça d'un procès : je lui rappelai plusieurs clauses de notre contrat. Il affirma qu'il allait arrêter la construction de la maison et en faire dessiner une autre, et, à mon tour, je le menaçai d'un procès par Harrigan-Rief.

« Vous êtes libre d'accepter ou de rejeter le projet que je vous propose, dis-je. C'est tout.

– Mais il n'a ni queue ni tête ! Où est la piscine ? Qu'est-ce que c'est que cette colline à la manque que vous avez mise ici ? Et ça, qu'est-ce que c'est ?

– Un demi-hectare de bambous.

– Vous avez complètement perdu votre putain de bon sens ? Je serai la risée générale.

– Vous avez là l'occasion de vous faire la réputation d'un homme d'un goût et d'une vision extraordinaires. »

Nous échangeâmes encore quelques insultes implicites avant qu'il ne m'expulse du chantier et appelle John-Jo sur son portable.

Rétrospectivement, je pense que c'est surtout la transformation de la piscine qui lui fit piquer sa crise, et la pensée de la possible réaction de Yolanda à mon plan. J'avais en effet proposé de façonner une colline inégalement conique (au lieu d'une nette succession de vastes terrasses en dégradé) et, à la base de la colline, j'avais placé une piscine en méandre aux contours irréguliers, se rétrécissant en son milieu et formant une sorte de lac (avec débordement) du côté mer. Pas une ligne droite en vue. De plus, les sentiers que j'envisageais tournaient et serpentaient autour des pentes et à travers des ravines avant de se perdre dans la sombre verdure de la plantation de bambous.

Mes dessins ne laissaient rien à l'imagination : j'avais fait deux versions, l'une représentant la plantation terminée et l'autre l'endroit tel que je l'imaginais dans dix ans. Rien d'ambigu, tout était prévu et certain – exact. Les jardins de la Maison Demarco dans Pacific Pallisades auraient été mon plus grand triomphe.

> 23 mai. Je n'ai pas quitté ma chambre depuis trois jours. Leandra apporte nourriture, boisson et cigarettes en revenant du bar. Il semble que nous ayons pris l'habitude de faire l'amour le matin – elle dit qu'elle est trop fatiguée après une soirée de travail. J'ai été déçu de découvrir que son tatouage était le seul qu'elle eût, et qu'elle enlevait son piercing pour dormir. Elle a un corps étonnamment pâle. Si je n'ai pas trop la gueule de bois, nous faisons l'amour avant le petit déjeuner, et elle accepte volontiers les cent dollars que j'entends lui donner. Cette nuit, dit-elle, elle m'apportera des pilules pour « me remonter ».

Leandra et moi passâmes environ une semaine dans cette sorte d'attelage avant qu'elle ne se fatigue de ma personne. Du moins, je suppose que c'était de la fatigue : il s'agissait peut-être tout bonnement de désillusion. Quand elle ne rentra pas du Moon un soir, je m'y rendis le lendemain pour la chercher mais elle me déclara sans ambages que c'était fini. Je lui offris des honoraires de deux cents dollars et elle appela le directeur.

« Tu es dégoûtant, furent ses derniers mots. Regarde-toi. Prends un bain. Tu pues. »

Les jours suivants s'écoulèrent dans une sorte de brouillard. Je cessai de tenir mon journal et je me mis à boire très sérieusement. Dans une supérette ouverte 24 heures sur 24 où, poussé par la faim, j'achetais mes casse-croûte, une fille m'avait tapé dans l'œil. Elle était mexicaine, je crois, et s'appelait Encarnacion. Grassouillette, elle avait un aimable sourire, les cheveux striés de mèches blond-blanc, et de multiples fines chaînes en or autour du cou. Je m'astiquai et l'invitai à dîner. Nous mangeâmes chez un Chinois de Santa Monica et regagnâmes mon studio. Nous nous embrassions au milieu de la pièce quand la sonnette retentit.

John-Jo Harrigan était planté sur le seuil. Je vis son regard passer de moi à Encarnacion qui, sans se démonter, défroissait sa blouse.

« Il est temps de rentrer à la maison, Alex », dit doucement John-Jo.

II. LONDRES

21 juillet. Pris d'une torpeur saisonnière, Londres suffoque de chaleur – et je n'aime pas ma femme. Je la regarde, je vois combien elle est séduisante, je peux évoquer le souvenir – et l'intensité – de l'amour que nous avons autrefois connu, mais je me rends compte qu'il m'est impossible de vivre dans le passé. Je par-

> tage la maison avec une personne de ma connaissance qui, à part des remarques appuyées sur mon tabagisme, mon alcoolisme et ma paresse, tolère ma présence, et, bien plus, fait tout ce qu'elle peut pour me réconforter au maximum.

Mais je pouvais sentir, malgré mon nombrilisme, mon égoïsme total, que sa patience et sa sollicitude n'étaient pas infinies. Mes fils Ben et Conor avaient quitté la maison, Ben pour l'université, Conor pour le Zimbabwe et l'Unesco, et nous étions plus ou moins livrés à nous-mêmes. Les amis se montraient discrets : le bruit courait que j'avais été malade, que j'avais besoin de récupérer. Seul John-Jo nous rendait régulièrement visite. Durant ces soirées d'été étouffantes, je m'installais dans le jardin, agrippé à un verre de vodka glacée et je regardais la haute silhouette de Stella se déplacer entre les plates-bandes dans l'épaisse lumière du crépuscule, élaguant les buissons et coupant les fleurs fanées, conscient que mon regard était parfaitement objectif, notant simplement la manière dont elle rejetait une grosse mèche de cheveux blond cendré, ou la forme de ses fesses tandis qu'elle se penchait pour arracher une mauvaise herbe, ou ses longues jambes quand elle avançait vers moi sur la terrasse. Et je comprenais que j'aurais pu être en train d'observer n'importe qui, Leandra, même, ou Encarnacion. Alors, dans un soudain accès d'irritation et de regret, je me rappelais que je n'étais pas allé plus loin avec Encarnacion que ce seul et unique haletant baiser mêlant nos langues et, avec un manque de logique absolu, je rendais Stella responsable de cette immense et permanente déception.

25 juillet. Je m'inquiète pour mes relations futures avec John-Jo. Hier, je suis allé sur le site d'enfouissement des déchets à Slough, et le chef de chantier m'en a refusé l'entrée. J'ai donc appelé John-Jo qui m'a dit que ma visite de la semaine dernière (quand j'avais ordonné d'approfondir le vallon principal que nous avions déjà creusé) avait peut-être coûté des dizaines de milliers de livres vu que maintenant nous ne serions pas prêts dans les délais et que les pénalités de retard allaient nous tomber dessus. Je lui ai répliqué que les aménagements paysagers n'étaient pas parfaits. Il s'est écrié, je le cite : « Ce n'est qu'une putain de décharge, Alex ! – Mais elle est signée de mon nom », ai-je dit. « De *notre* nom, a-t-il corrigé. Nous sommes associés, rappelle-toi. »

Je commençai à redouter que le traitement que je suivais affectât mon humeur. Je me sentais soit léthargique et maussade, soit irritable et surexcité. Après que John-Jo m'eut ramené par avion à Londres, j'étais entré en clinique pour une semaine de convalescence : je souffrais, semble-t-il, de déshydratation, de malnutrition et d'un métabolisme sérieusement déglingué. On me mit aux tranquillisants et je dormis soixante-douze heures d'affilée. À mon réveil, désorienté mais propre et relativement calme, je me rendis compte que, durant mon sommeil, on m'avait baigné et rasé. Sur les ordres de Stella, ma moustache avait disparu. Elle me manquait, laissant ma lèvre supérieure vulnérable, étiolée. Je compris qu'il me fallait la faire repousser tout de suite. Je réclamai des cigarettes. Je ne fumais plus depuis vingt ans mais pour une raison quelconque l'envie m'en était revenue en Californie, cette zone non-fumeurs, et je n'avais pas tardé à en arriver à deux paquets par jour.

Parfois, je sentais le regard de Stella se poser sur moi à la dérobée, et avec lui une tristesse prête à m'envelopper. Même dans mes rares moments de lucidité, je ressentais sa pitié et son incompréhension, je ressentais sa compassion. De temps à autre, elle essayait de m'en parler : que se passait-il ? Étais-je malheureux ? Pourquoi – dans des moments plus explosifs – m'appliquai-je à détruire nos vies ? Elle convoqua Ben qui vint de Cornouailles passer avec nous un week-end très tendu. Je trouvai soudain Ben gauche et pas drôle, son humour de collégien (ma moustache étant le sujet d'une quantité de saillies) de plus en plus déplaisant. Je m'aperçus que ma froideur le bouleversait, très profondément, et il décida de partir. Je ne fis aucun effort pour lui dire au revoir mais je notai que Stella eut les yeux rouges et larmoyants toute la journée – et je l'entendis plus tard ce soir-là parler avec insistance à Conor en Afrique.

> 2 août. J'étais chez un opticien dans Kensington High Street hier matin, en train d'acheter ma troisième paire de lunettes de soleil en trois jours à une fille brune au regard sournois, avec suçon sur le cou – dont je venais d'apprendre qu'elle se prénommait Megan – quand je fus saisi par une sorte de transformation. Comme si je m'étais débarrassé de quelque chose ou que quelque chose m'eût quitté. Un instant je me sentis très faible et tremblant, ce qui me valut une question inquiète de la part de Megan. J'inspirai profondément et regardai autour de moi, les yeux brusquement dessillés. Je me souvins que j'étais venu dans cette boutique parce que je souffrais d'une obsession à propos de cette fille, pareille à celle expérimentée avec Leandra et Encarnacion. Je lui présentai mes excuses et partis.

Je rentrai à la maison et demandai pardon à Stella : son soulagement manifeste me fendit le cœur. Nous parlâmes jusqu'à l'aube, concluant que je devais avoir eu une sorte de dépression nerveuse, que peut-être le traitement commençait à faire son effet et qu'un peu d'équilibre revenait enfin dans nos vies (je téléphonai à Ben, pauvre garçon, et m'excusai pour ma rudesse). Et pourtant, ce matin, comme je me tartinais le visage de crème à raser et tentais de raser ma moustache, mes bras se raidirent de nouveau. « Une chose à la fois, dit Stella. Vas-y mollo. Au moins, tu penses droit. »

C'est Petra Fairbrother, ma psychiatre, qui m'encouragea à examiner systématiquement les faits et à organiser les indices. Une femme bien en chair avec des lèvres molles et de grandes mains douces qu'elle agitait beaucoup. Elle était également très intelligente mais, à l'instar de beaucoup d'Anglaises intelligentes (et d'Anglais, d'ailleurs), elle prenait grand soin de dissimuler son intellect sous un brouillard d'aimable dilettantisme. Elle repoussait les vagues diagnostics du style dépression nerveuse, crise de la cinquantaine, schizophrénie. « Ça semble, voyez-vous, bien plus intéressant que ça – c'est trop, vous comprenez, trop précis », dit-elle, pointant un crayon sur moi. Elle était particulièrement fascinée par les pages de mon carnet où s'inscrivaient les X allongés, particulièrement intriguée par le fait que ces inscriptions n'étaient pas réapparues. Elle me demanda de tracer le signe devant elle, ce que je fis sans réfléchir.

« Ça ne déclenche rien ? s'étonna-t-elle, la voix teintée de déception. Pas un tremblement, pas un frisson ?

– Rien, répondis-je, traçant une demi-douzaine de X supplémentaires.

– Je sens simplement que c'est là que se trouve la clé, annonça-t-elle, fronçant les sourcils, tirant sur une oreille et faisant de petits bruits d'explosion avec ses lèvres.

– Je pense que c'est un truc sexuel, dis-je un peu honteux. Quelque chose d'enfoui dans mon psychisme, en rapport avec un certain type de femme.

– Mais il ne se passait rien de sexuel à bord de l'avion quand tout a commencé. »

Je lui assurai que non. Puis je me souvins du mal au crâne.

> 5 août. Migraine. X allongés. Moustache. Cigarettes. Fantasmes sexuels. Fantasmes de prostitution. Femme de bas étage. Anomie. Manque d'hygiène intime. Agression. Le jardin Demarco. La décharge. Hostilité à l'égard de la famille. Alcoolisme. La migraine serait-elle tout bonnement la réponse ? Ai-je besoin d'un scanner du cerveau ? J'ai eu trois jours de normalité – de quasi-normalité. Hier soir, Stella a rasé ma lèvre supérieure. Je n'ai rien senti. Nous avons fait l'amour. Pourquoi ai-je le sentiment qu'il s'agit là d'une sorte de paix factice, d'une aube trompeuse ?

Mes inquiétudes étaient justifiées. Je paraissais fluctuer entre une forme de normalité en alerte – la vie de famille reprit, j'allais même au bureau – et des humeurs que j'identifiais seulement comme aberrantes et dangereuses dans leurs conséquences.

Un jour, à Notting Hill, en quittant l'agence, je m'arrêtai pour acheter un journal et je vis une fille derrière le comptoir d'une boucherie (pourquoi les femmes qui travaillent comme bouchères ou poissonnières sont-elles tellement maquillées ?). Elle était brune avec une mâchoire un peu prognathe et une masse de cheveux secs tirés en arrière en un chignon de la taille d'une miche de pain dégageant un visage aux traits fermes. Elle avait des lèvres rouge cerise et ses yeux lourds de mascara m'étudiaient sous des paupières bleu ciel pendant que je commandais assez de viande pour nourrir un bataillon. Tandis qu'elle découpait des steaks et empaquetait des douzaines de saucisses, je la contemplai avidement – notant le duvet noir sur ses bras, ses mollets robustes au moment où elle se tournait pour prendre le hachoir, le manche de la brosse à cheveux émergeant de la poche de sa blouse en nylon. J'écrasai mon érection contre la vitre du comptoir, me demandant si cette grande gaillarde était la fille du petit homme chauve en train de hacher du veau sur le billot, et ce qu'elle ou il dirait si je l'invitais à aller prendre un verre. Je payai ma viande avec deux billets de cinquante livres – preuves, espérais-je, d'une immense richesse, et lançai :

« J'espère que je ne vous dérange pas mais je viens d'emménager dans ce quartier et je voudrais savoir s'il y a un bon pub par ici, vous voyez, un pub que vous recommanderiez… »

Elle se gratta le bras et fit la grimace :

« Qu'est-ce t'en penses, Frank ? » lança-t-elle à l'adresse du hacheur de veau. Il y eut un court débat sur les mérites des bistrots du coin jusqu'à ce que l'un de ceux-ci, appelé Le Duc de Clarence, soit choisi comme le plus satisfaisant. Je les remerciai, souris à la fille, le regard plein de messages, et partis.

Alors que je jetais mon gros paquet de viande dans la poubelle la plus proche, une déprimante vague de lucidité me submergea et mon obsession sexuelle m'apparut dans toute sa honteuse équivoque. Mais chez le boucher, je n'avais eu qu'une idée en tête, tout mon désir centré sur cette fille robuste aux mains rouges de sang. En repartant vers mon foyer et ma si patiente épouse, je sentis des larmes salées me piquer les yeux.

> 9 août. Il semble que j'aie frappé John-Jo hier au bureau, que je lui aie allongé une série d'uppercuts, dont l'un ait atterri sur le côté de sa mâchoire, me brisant l'annulaire gauche. Je ne me souviens de rien. Apparemment, j'étais bourré jusqu'à l'incohérence. J'avais passé ma troisième soirée d'affilée au Duc de Clarence à attendre en vain ma bouchère. Et, comme le pub fermait, j'avais acheté une bouteille de vodka et m'étais installé dans ma voiture pour la boire. J'ai dû réussir à arriver jusqu'au bureau le lendemain matin. Stella dit que j'ai accusé John-Jo de me trahir, de me voler systématiquement mes idées depuis des années, de s'être attribué tout le mérite là où il n'en avait aucun… Après quoi je me suis jeté sur lui. Pauvre Stella.

« Ça semble changer, dis-je à Petra Fairbrother. Ce n'est pas comme en Californie, où c'était permanent, maintenant ça va, ça vient, comme si on branchait et débranchait quelque chose.

– Je peux vous piquer une clope ? » s'enquit Petra.

Elle en prit une dans mon paquet et je la regardai l'allumer gauchement, comme si c'était la première fois de sa vie qu'elle tentait pareil geste, et puis je la vis inhaler profondément la fumée.

« Merveilleux, dit-elle. Ainsi, donc, vous pensez que la prise se desserre ?

– La prise ?

– Le truc qui vous a en son pouvoir…

– Vous parlez comme une sorte de nécromancien, de sorcier.

– Je m'exprime en métaphores, cher Alex. Mais, là encore, je suppose que nous pourrions, assez raisonnablement, être considérés comme des sorciers. » Elle sourit puis rejeta une volute de fumée du coin de la bouche avec bruit. « Des sorciers modernes essayant de chasser vos démons.

– Démons... répétai-je lentement. Un démon.

– Une métaphore commode. Mais vous vous battez contre des démons, Alex, ne vous y trompez pas. »

Je fronçais les sourcils, réfléchissant.

« Toutes les filles sont brunes et elles ont toutes un travail. Je ne veux pas simplement acheter du sexe, j'en suis sûr. »

Je lui racontai comment je m'étais trouvé dans une cabine téléphonique londonienne aux parois vitrées couvertes de douzaines de cartes de prostituées, illustrées d'improbables beautés nubiles de toutes races offrant leurs services.

« Je n'ai rien senti. J'aurais pu appeler n'importe laquelle. Ça a un rapport avec le type de fille, une fille qui travaille... » Je la regardai, désespéré. « Peut-être faudrait-il m'hypnotiser ?

– Qu'est-il arrivé à votre main ?

– J'ai essayé de casser la gueule de mon meilleur ami.

– Bon Dieu ! Vaut mieux se mettre au boulot. » Elle pinça les lèvres, tapota son bureau du bout des doigts. « Ça ne vous ennuierait pas que je parle à quelqu'un de votre cas ? Juste une petite idée. »

14 août. Hôtel Rankin, Bloomsbury. J'ai quitté la maison et Stella a demandé le divorce. Follement, stupide-

ment, j'ai ramené chez nous une fille, une serveuse nommée Katerina, russe je crois, ou ukrainienne. Je lui ai dit qu'elle pouvait habiter avec nous, être notre pensionnaire puisque nous avions des tas de chambres libres. Stella est rentrée alors que la fille inspectait la chambre d'amis au sous-sol. Je ne l'avais pas touchée (j'en avais l'intention, bien entendu). Dans l'engueulade qui a suivi, il est apparu que John-Jo avait raconté à Stella qu'il m'avait trouvé avec Encarnacion. Stella était convaincue que j'étais embourbé dans une misérable crise de satyriasis due à la cinquantaine – elle avait été prête à la tolérer un temps mais plus maintenant. Je la dégoûtais, me hurla-t-elle, comment pouvais-je ramener une fille dans notre maison ? Qu'était-elle censée faire ? Il lui restait quand même un peu de dignité. Elle m'ordonna de quitter le domicile conjugal et j'obtempérai humblement. Demain je pars pour Édimbourg, peut-être vaut-il mieux que j'essaie de débrouiller cette affaire tout seul.

III. ÉDIMBOURG

Édimbourg en plein été était secouée par des bourrasques et une pluie battante venue du nord, entrecoupées d'apparitions d'un soleil à l'éclat déconcertant, les rues mouillées séchant sous vos yeux, les parapluies rangés, les imperméables ôtés, les jardins en terrasse dominés par le sombre château soudain remplis de candidats au bronzage à moitié nus, avant que – inévitablement – les nuages bleu ardoise se rassemblent au-dessus de Fife et de la mer du Nord pour se précipiter de nouveau sur la ville, et l'impitoyable déluge reprenait avec toute sa précédente énergie.

Je n'étais pas revenu ici depuis des années et j'avais oublié comment en août la ville s'abandonnait à son invasion annuelle de festivaliers, Princes Street et le Royal Mile résonnant de bavardages polyglottes, les palissades et les panneaux d'affichages un patchwork de posters et de publicités. Pourtant, sous cette éclatante frivolité et ce tourisme culturel, cet *Artfest* cosmopolite, l'effervescence et le pétillement de l'atmosphère – presque palpable – de gens décidés à se donner du bon temps, la vieille, austère et fuligineuse réserve des lieux paraissait simplement attendre son heure. Ces rieurs frivoles seront partis d'ici une semaine ou deux, semblait dire le message inscrit sur les visages sinistrement impassibles des habitants du cru, et alors nous pourrons nous remettre à cette affaire sérieuse qu'est la vie.

J'étais vivement conscient de cela, de la vieille cité et de ses mœurs implacables, tout en marchant le long d'un de ces « croissants » georgiens d'un gris foncé lugubre de la Ville nouvelle, la pluie tombant de nouveau en diagonale, piquant mes joues et mon front, en direction du n° 37, et notai, à côté de la sonnette, la plaque de cuivre (marquée de larmes glacées) qui annonçait : THE ROYAL SCOTTISH INSTITUTE OF HYDRODYNAMIC ENGINEERING (Institut de technogénie hydrodynamique) et, au-dessous, cette brève injonction : *Les fournisseurs s'adressent à la porte de service de l'immeuble.*

Une minuscule bonne femme aux cheveux gris et aux yeux surnaturellement lumineux m'ouvrit la porte ; elle m'indiqua un siège dans le vaste hall plongé dans la pénombre où je fus inspecté par les nombreux portraits vernis de glorieux techniciens du XIXe siècle.

« Mr Auchinleck va vous rejoindre tout de suite », dit-elle, avant de refiler dans son bureau d'où je pus bientôt entendre, son de plus en plus rare, le bruit d'une frappe rapide sur une machine à écrire classique.

C'est Petra Fairbrother qui, sans le vouloir, m'avait fait quitter pour le Nord mon hôtel minable de Bloomsbury où elle m'avait retrouvé et informé par téléphone, l'excitation colorant sa voix, qu'elle croyait avoir une « piste » tout en n'ayant pas la moindre idée de ce à quoi elle pouvait mener.

Elle avait montré mes pages d'« écriture automatique », comme elle disait, à un de ses amis, un professeur de mathématiques à Cambridge. Il pensait que les signes, les X allongés, lui étaient vaguement familiers et il avait promis de faire des recherches. Je m'imaginai mes feuillets passés de main en main dans les salles des profs de divers collèges de l'université, le sage hochement de têtes grises sur mes hiéroglyphes, suivi de conjectures érudites… Mais, quoi qu'il en soit, l'homme rappela quelques jours plus tard pour dire que le signe avait été reconnu par un membre du département de technogénie. Il y avait toutes les chances, me rapporta Petra Fairbrother, que ce X que j'avais reproduit à dix mille mètres au-dessus de l'Atlantique représentât un concept établi en technogénie hydrodynamique, connu comme l'« onde de Saltire ».

Quelques heures dans une bibliothèque du coin me permirent de déterrer les faits essentiels à propos de l'onde de Saltire. Il s'agissait d'un phénomène découvert par l'ingénieur écossais Findlay Smith Quarrie en 1834. Un après-midi, montant son cheval le long des rives de l'Union Canal, près d'Édimbourg, l'ingénieur remarqua que, quand une péniche s'arrêtait brusquement, la masse d'eau autour d'elle, après une violente agitation initiale, se calmait et puis se déplaçait indépendamment en une vague régulière, comme si la péniche était toujours là et que le déplacement de l'eau causé par l'avancée de la péniche continuait à se produire. Ce jour-là, Quarrie avait éperonné sa monture et suivi cette vague le long du canal sur plusieurs kilomètres. La vague était miraculeusement réelle mais sa cause semblait fantomatique. « C'était comme si », nota Quarrie dans le rapport qu'il soumit à l'Institut de technogénie hydrodynamique, avec les excuses de rigueur pour la nature anthropomorphique de son observation, « l'eau se rappelait encore l'effet de la péniche ».

Dans ce même rapport, il proposa un symbole mathématique pour représenter ce phénomène : deux lignes parallèles contraintes de se croiser sous l'effet d'une torsion de force au milieu. Il le baptisa l'onde de Saltire parce que la forme qui en résultait ressemblait à une version allongée du X blanc sur fond bleu du drapeau écossais, connu familièrement sous le nom de « croix de Saltire ».

Assis dans le hall sombre de l'institut, j'attendis Mr Auchinleck, l'esprit vide mais ouvert. Je ne savais pas très bien pourquoi je m'étais senti obligé de venir à Édimbourg, ni ce que je pouvais y accomplir ou découvrir, mais au moins j'avais l'impression d'agir, de faire quelque chose de positif. Un éclaircissement pourrait résulter de cette visite et j'avais l'intuition qu'on le trouverait auprès de la personne depuis longtemps défunte de Findlay Smith Quarrie.

Des couinements de caoutchouc sur le parquet ciré

précédèrent l'apparition de Mr Auchinleck. Un homme jeune, la trentaine, une masse de cheveux ondulés bruns, costume gris et chemise à carreaux sans cravate. Les couinements provenaient des grossières sandales qu'il portait, leurs semelles apparemment découpées dans des pneus de voiture. Je ne pus m'empêcher de regarder ses pieds et fus vaguement chagriné d'apercevoir les ongles de ses orteils, d'une longueur indue, émerger entre les lanières telles des griffes jaunes recourbées.

Auchinleck – « Appelez-moi Gilles », suggéra-t-il aussitôt – se révéla un type sympathique, intrigué d'apprendre que j'étais sur les traces de Findlay Smith Quarrie et de son onde de Saltire.

« Un homme fascinant, dit Auchinleck. En avance sur son temps. Je ne crois pas, pour être franc, qu'il ait vraiment su ce qu'il avait découvert avec ses ondes. » Il sourit. « Aujourd'hui tout est baptisé onde, non ? Les atomes sont à la fois des ondes et des particules, récita-t-il d'une voix chantante. Ne prétend-on pas que même la pensée est fondamentalement un phénomène ondulatoire ?

– Et c'est vrai ? demandai-je, intrigué.

– Enfin, c'est ce qu'on dit. Des ondes, des ondes partout. Voulez-vous voir à quoi il ressemblait ?

– Qui ça ?

– Quarrie. »

Gilles Auchinleck me conduisit à l'étage, dans la salle de conférences de l'institut, une rangée semi-circulaire de stalles faisant face à une estrade en bois dressée contre un immense tableau surpeuplé.

« 1834, dit-il. Les fondateurs. Voilà Quarrie debout à côté de sa célèbre pompe. »

Je m'avançai en suivant son doigt tendu pour aller

contempler de près le portrait bien rendu d'un personnage rondouillard au visage rose, le ventre tirant sur les boutons du gilet de soie, plus près du genre gentilhomme campagnard que de l'idée qu'on se fait d'un ingénieur de l'époque victorienne.

« Quarrie a amassé une fortune avec cette pompe, reprit Auchinlek. Au milieu du siècle, on la trouvait dans toutes les mines de charbon du monde. »

Il poursuivit son discours mais je ne l'écoutais plus car mon regard avait été accroché par un sombre personnage à l'arrière-plan, un homme en costume noir avec une bizarre écharpe en soie blanche autour du cou. Il tenait dans une main un cigare allumé et son regard semblait transpercer le tableau. Des traits affaissés – décomposés par la maladie ou la débauche, aurait-on pensé –, mais le plus frappant c'était la vaste moustache barrant de sa noirceur un visage au teint jaunâtre, moustache dont les bouts s'étendaient au-delà des commissures des lèvres et remontaient sur les joues, en guidon de bicyclette.

« Qui est cet homme ? demandai-je, en tendant le doigt. Celui qui est derrière.

– Bonne question, répliqua Auchinleck. Si nous descendons dans la bibliothèque, je pourrai vous répondre avec certitude. »

> Édimbourg. 17 août. On dit que parfois la force d'un regard peut se faire sentir physiquement (peut-être le « regard » est-il une forme d'onde ?) et, s'il est suffisamment intense, peut obliger son objet à se retourner ; pourtant la fille derrière le bar, que je fixe des yeux depuis cinq minutes, continue à fumer sans se troubler, et à regarder partout sauf de mon côté. Elle

est brune, bien entendu, jeune, avec une petite ombre d'acné aux coins de sa grande bouche. Alors qu'elle me servait mon quatrième double scotch à l'eau, j'ai remarqué que ses ongles étaient rongés jusqu'au sang. Elle est grande, avec une silhouette d'adolescent et ses cheveux sont hérissés de gel. Je suis installé ici dans un recoin, en train de griffonner, et je sens mon désir pour elle telle une douleur dans mon ventre. Tel un poignard dans mes tripes. Je vais continuer à boire ici jusqu'à la fermeture et puis je lui demanderai de venir avec moi à l'hôtel. Il y a une différence à présent : je semble être capable de m'écarter de l'attaque, de la crise, de la folie ou de quoi qu'il s'agisse, je semble être capable de reconnaître qu'elle est en route. Est-ce un signe de la diminution de son emprise sur moi ? Ou bien est-ce simplement que j'apprends à vivre avec, tout comme l'invalide et son incontinence chronique ? On dirait qu'une partie de mon cerveau demeure mienne… Et pourtant je refuse de me lever et de quitter cet endroit.

*

Wallace Kilmaron. Wallace Kilmaron. Il s'appelait Wallace Kilmaron – l'homme dans le tableau avec le cigare et la moustache. Auchinleck avait pu l'identifier grâce à une carte de repérage de la multitude des personnages (trente-trois en tout) et me fournir quelques informations. Kilmaron, expert en systèmes de drainage et d'irrigation, avait surtout travaillé en Hollande où il était reconnu comme hors pair dès qu'il s'agissait de construire écluses, canaux et ces structures compliquées qu'impliquent les assèchements de terrain. Il vécut entre 1796 et 1840. Auchinleck n'avait pas la moindre idée de la façon dont il était mort mais il n'avait pas atteint un très grand âge, même à l'aune du XIXe siècle. Plus intéressant, il avait démissionné de l'institut en 1835, d'où le manque d'informations le concernant. « La plupart des membres nous ont confié leurs archives, expliqua Auchinleck, ce qui représentait la moitié des objectifs visés par la fondation de l'institut. Quelque chose a dû aller de travers, nous n'avons rien sur Kilmaron, j'en ai peur, en dehors de ces indications de base. »

Comme s'il était responsable de cette lacune, Auchinleck passa obligeamment un coup de fil à un de ses amis de la Bibliothèque nationale d'Écosse, et un rendez-vous fut fixé pour le lendemain au cours duquel tout ce que la bibliothèque possédait sur Kilmaron serait mis à ma disposition.

J'étais en avance et m'installai dans un café pour attendre l'ouverture des portes. Je sentais en moi une tension due à ma bizarre conviction que la réponse à mon problème se trouvait à l'intérieur de cette solide bâtisse de grès gris. J'avais aussi la gueule de bois, ma soirée de beuverie ayant eu pour résultat une légère et sournoise migraine, le tout amplifié par un reste de sentiment de honte à l'idée de mes vaines avances à la fille derrière le bar. Elle avait été à peine capable de rassembler l'énergie nécessaire pour me repousser, donnant l'impression qu'il s'agissait d'un incident quotidien – des hommes d'âge mûr, ivres, l'invitant avec un air paillard à venir prendre un dernier verre. Mais tandis que j'attendais dans le café, essayant d'oublier son regard méprisant et de me concentrer sur les mots croisés du *Scotsman*, tout en contemplant la bruine matinale remplir les caniveaux, je sentis mon côté droit se refroidir comme sous l'effet d'un courant d'air et, soudain, ma main se mit à se mouvoir à travers la grille de mots croisés et à dessiner une série de symboles de l'onde de Saltire. Je dus tracer une douzaine environ de ces X allongés avant, tout aussi brusquement, de reprendre la maîtrise de mon bras.

Cette fois, j'examinai la page sans peur ni panique, la considérant plus comme une forme de communication de la part de – de la part de quoi ? – de la part de l'ombre de Wallace Kilmaron, je suppose, comme s'il me chuchotait « félicitations » à travers les décennies. Et, de l'autre côté de la rue, je vis le portier ouvrir les lourds battants de bois de la bibliothèque.

*

Amer et frustré, Wallace Kilmaron mourut à l'âge de quarante-quatre ans d'une « infection des poumons et du ventre », en d'autres termes de causes inconnues de la médecine de l'époque. Durant sa vie, il avait publié une douzaine d'articles scientifiques, essentiellement dans des journaux savants, en rapport avec son champ d'expérience. Un petit livre, cependant, se trouvait dans les archives de la bibliothèque, publié à compte d'auteur chez un imprimeur-libraire de Leith, et intitulé : « À propos d'un phénomène de turbulence de l'eau ». Sa date de publication était 1835 et sa lecture, ajoutée à celle des trois nécrologies parues lors de la mort de l'ingénieur, ainsi qu'à un échange de lettres dans les *Annals of Civil Engineering*, me suffirent pour reconstituer l'histoire de Wallace Kilmaron.

En 1833, Wallace Kilmaron avait été engagé dans un important projet d'assèchement de terrains entre la rivière Waal et le bas Rhin en Hollande, projet pour lequel un réseau compliqué de chenaux de drainage avait été creusé sur une surface de quelques douzaines d'hectares. Un jour, une embarcation à fond plat, avant et arrière carrés (utilisée pour le transport de la vase et du sable dragués), avait coulé à pic dans un des chenaux. Au cours des efforts entrepris pour remettre le bateau à flot (à l'aide d'attelages de chevaux et de treuils), le courant de l'étroite voie d'eau combiné aux mouvements de la proue et de la poupe de la barge avait provoqué une série de turbulences. Depuis la rive, où il supervisait les travaux, Kilmaron avait remarqué la façon dont ces vagues « pareilles à l'ondulation progressive d'une mèche de fouet » descendaient le chenal « sans changement de forme ni diminution de vélocité ». Intrigué, Kilmaron décida de suivre le parcours d'une de ces vagues et rapporta qu'il avait marché des centaines de mètres le long d'une de ces « déferlantes », ainsi qu'il les appelait, les associant à une forme de flot de marée « une élévation d'eau nette et arrondie ». Il nota en outre que, quand le chenal changeait de direction, la vague paraissait se rétrécir en vaguelettes et puis, dès que le chenal redevenait droit, celles-ci se reformaient magiquement en la déferlante originale, comme si « contenue d'une certaine manière dans la turbulence de l'eau se trouvait la mémoire de la lame première ».

Fasciné par cette découverte, Kilmaron construisit une grande plate-forme flottante que, par une astucieuse répartition de poids, il pouvait faire osciller autour d'un axe fixe, créant par là à volonté des déferlantes régulières – ou « ondes cohérentes », ainsi qu'il les appelait désormais. Des semaines d'expérimentation lui permirent d'arriver à une certaine compréhension du phénomène, décrit, dans l'article scientifique qu'il rédigea, comme une forme de résonance, plutôt que de turbulence, représentant l'ordre plutôt que le chaos, et dépendant, pour se produire, de relations précises entre la profondeur, la largeur du chenal et son degré d'agitation. Pour désigner ces conditions, il conçut un symbole mathématique qui prit la forme de deux ondulations de mèche de fouet superposées et qui, encore plus simplifié, ressemblait à un X curieusement aplati et arrondi. Il demanda que cet état de choses soit désormais connu comme l'« onde de Kilmaron » puis revint de Hollande à Édimbourg afin de lire son article « À propos d'un phénomène de turbulence de l'eau » et présenter ses trouvailles au tout nouvel Institut de technogénie hydrodynamique. C'est alors qu'il découvrit que Findlay Smith Quarrie l'avait battu au poteau de quelques semaines, et que le petit monde de la technogénie hydrodynamique retentissait de discussions autour de l'étonnante « onde de Saltire » et de tout ce qu'elle impliquait.

*

> 18 août. Édimbourg. Je suis pleinement conscient de l'illogisme redoutable de ce que je vais écrire, pleinement conscient du danger dans lequel cela me place, de la manière dont cela va changer la perception que l'on a de moi, mais je sais, je suis sûr et certain dans mon cœur et dans ma tête, que tout ce qui m'est arrivé depuis ce jour de mai, quand ma main s'est mise à griffonner des symboles sur mon carnet de notes – tout cela a un rapport avec Wallace Kilmaron et sa mort en 1840.
>
> En lisant et retraçant ce qui s'était passé depuis la découverte de l'onde Kilmaron, j'ai compris que

d'une façon ou d'une autre – oui, d'une façon ou d'une autre – ces événements datant de plus de cent cinquante ans étaient en train de détruire systématiquement ma vie. La preuve définitive m'en fut donnée lorsque je lus à la fin d'une de ses nécrologies que, six mois avant sa mort, Wallace Kilmaron avait épousé une de ses servantes, une certaine Sarah McBride, et lui avait laissé tous ses biens. Cette union ne fut jamais reconnue par la famille de Kilmaron qui, plus tard, soutint devant un tribunal que le mariage et le remaniement du testament avaient eu lieu alors que Kilmaron était en état « d'ivresse et de démence ».

IV. BIARRITZ

Didier Visconti me sourit et posa un instant sa grande main bronzée sur mon épaule.

« Il n'y a pas de quoi, Alex, dit-il. Tu as payé pour tout. Tout le monde va en parler. Je serai célèbre. C'est moi qui dois t'être reconnaissant. »

Pour une raison quelconque, j'eus envie de pleurer de gratitude, envie d'embrasser ce gros Français guilleret, envie de lui déclarer qu'il m'avait sauvé la vie. Au lieu de quoi, je répliquai :

« Je ne peux pas te dire pourquoi – ou je pourrais te le dire mais ça n'aurait aucun sens –, on pourrait penser que je suis fou. Disons que c'est quelque chose que je devais faire. »

Didier regarda la plaque, coulée en métal et encastrée dans la pelouse à la lisière du quatorzième tee. Je l'avais fait traduire en six langues : français, anglais, allemand, néerlandais, italien, espagnol. On y lisait : *L'obstacle d'eau devant ce trou est unique dans l'histoire du golf. Il est basé sur un phénomène de turbulence découvert en 1834 par l'ingénieur écossais Wallace Kilmaron, un phénomène connu sous le nom d'« onde de Kilmaron ».*

Nous suivîmes un groupe vagabond de quatre Suédoises d'âge mûr le long du fairway jusqu'au quatorzième green. Les Cerisiers étaient un nouveau golf, construit depuis six ans, à quelques kilomètres au nord de Biarritz, et dont Didier Visconti, un riche entrepreneur, était à la fois le créateur et le propriétaire, et Harrigan-Rief Associates les architectes-paysagistes. Pendant les travaux, j'avais changé le cours d'un petit ruisseau pour l'amener dans un chenal haut et étroit qui courait sur quelques centaines de mètres le long du quatorzième fairway et traversait la pelouse devant le quatorzième trou, de façon à faire office d'accident de parcours diabolique (toute balle perdue là était irrécupérable), avant de disparaître sous terre pour aller alimenter le lac artificiel aux pieds du clubhouse (architecte : John-Joseph Harrigan).

Durant les mois de construction du golf et d'aménagement du paysage, je m'étais lié d'une solide amitié avec Didier Visconti et j'avais été extrêmement séduit par cette partie de la côte atlantique. Quand j'avais proposé par téléphone depuis Édimbourg ma modification du quatorzième obstacle de parcours, Didier avait accepté sur-le-champ et j'avais pris l'avion pour Biarritz muni des pages pertinentes du livre de Kilmaron.

Un menuisier et un forgeron du voisinage avaient réussi à fabriquer une réplique miniature de la plateforme à vagues de Kilmaron (activée par un petit moteur à essence pour la faire gîter et se redresser), et je l'avais installée à l'endroit où le ruisseau était détourné dans mon chenal. Cela marchait plutôt bien et produisait une série de petites déferlantes qui parcouraient en permanence la longueur de l'obstacle d'eau.

Didier et moi restâmes dans le soleil couchant à contempler les ondes de Kilmaron filer le long du chenal tandis que les Suédoises expédiaient leurs balles et rataient le trou.

« Crois-tu que le mouvement de l'eau va les décourager ? demanda Didier. Crois-tu que ce n'est pas trop dérangeant ?

– C'est pour ça que ça s'appelle un obstacle, rétorquai-je. Je le prédis : d'ici dix ans, on verra ces ondes de Kilmaron partout. Les Américains adoreront. C'est nouveau – et un bout d'histoire vivante.

– Il faut qu'on signe un contrat, dit Didier, réfléchissant rapidement. Je te donne des royalties, d'accord ?

– Les droits sont entièrement à toi, répondis-je. Ramasse-toi quelques millions de plus. »

Didier éclata de rire, me serra la main et me donna une accolade d'ours.

« Pourquoi fais-tu ça, Alex ? s'écria-t-il en me relâchant. Pourquoi me fais-tu cadeau de ça ? Tu pourrais être riche… »

Tout en regardant les ondes de Kilmaron courir régulièrement et sans effort à mes pieds, je répliquai, pensif :

« Disons simplement… C'est pour ma tranquillité d'esprit. »

*

La science est pleine de ces coïncidences bizarres : deux ou trois personnes faisant la même découverte, arrivant simultanément à la même preuve, au même axiome ou à la même théorie. Que deux ingénieurs écossais aient en 1834 observé le même phénomène de turbulence de l'eau, à quelques semaines de distance, et cherché à obtenir les honneurs de la découverte est – dans les annales scientifiques – de peu d'importance. Par chance, grâce à une question de position géographique, Quarrie arriva le premier avec sa découverte et put la baptiser comme il l'entendait. Il se décida pour l'onde de Saltire – et, remarque intéressante, pas pour l'onde de Quarrie –, et je suis sûr que c'est là la source de la rancœur persistante de Kilmaron. Quarrie était riche – sa pompe pour les mines devait en faire un millionnaire– et la pompe de Quarrie était déjà connue dans le monde entier. Wallace Kilmaron, travaillant anonymement dans les champs détrempés du sud-ouest de la Hollande, crut avoir trouvé un moyen de rendre son nom célèbre pour l'éternité, d'arriver à une sorte d'immortalité. Mais ses espoirs furent brusquement anéantis. Pour certaines natures, pour certains caractères fragiles, de telles déceptions sont impossibles à supporter.

> 3 septembre. Cap-Ferret. Assis à l'ombre de ce bistrot de plage, j'observe les rouleaux qui viennent se briser sur le rivage. Je remonte de Biarritz vers le nord par la côte atlantique, lentement et avec beaucoup de haltes telles que celle-ci, inquiet, attendant de voir, testant, me persuadant que c'est fini, que je suis de nouveau moi-même.
>
> Hier soir, j'ai téléphoné à Stella et je lui ai annoncé que j'allais bien, que je voulais rentrer à la maison. Elle a dit non – tout de suite, avec brutalité. Elle ne voulait plus me revoir, elle n'avait aucun désir de se

faire humilier davantage. Je lui ai parlé de Kilmaron et elle a ri : « Pauvre vieux ! s'est-elle écriée. Si tu crois que tu peux me mener en bateau avec ces âneries ! » En fait, mon histoire à propos de Wallace Kilmaron et la manière dont j'avais exorcisé sa mauvaise présence de ma vie a paru la mettre encore plus en fureur. « Tu es malade, m'a-t-elle dit, la voix dure de dégoût. Va demander du secours. Mais ne t'approche pas de moi ni des garçons. »

L'idée m'est souvent venue – tandis que je recherchais une réponse à ce qui m'est arrivé ces derniers mois – que peut-être la théorie de Kilmaron avait de plus larges applications. Tout comme l'onde de Kilmaron semble être une manifestation physique permanente de la mémoire du bateau ou de la turbulence qui fut sa cause originale, je me demande si des individus peuvent provoquer un effet ondulatoire similaire – un effet ondulatoire qui se propagera dans le temps.

Privé de sa petite portion de gloire et d'immortalité intellectuelle par Findlay Quarrie, Wallace Kilmaron est mort dans des affres d'amertume, de colère et de déception. Est-ce que cette turbulence, cette folle agitation de son esprit, continue d'une certaine façon après sa mort et voyage à travers le temps à la recherche de sa cible ? Dépression nerveuse, crise de la cinquantaine, maladie mentale, peut-être sont-ce là différents noms pour le même phénomène. Je me dis soudain que tous ceux d'entre nous qui ont souffert ainsi peuvent avoir été pareillement « hantés » – serions-nous tous victimes d'ondes de Kilmaron venues du passé pour se briser sur nous ? La mort d'un individu a beaucoup de conséquences, nous atteint de bien des manières immédiates, manières que nous pouvons voir et identifier – douleur, sentiment de perte, tristesse, chagrin. Et si cela allait plus loin encore ? Et si la turbulence causée par ce soudain arrêt du parcours de la vie provoquait d'autres formes de mouvement, d'autres troubles ? Comme l'eau du canal se rappelant l'effet de la péniche, peut-être le monde et le temps se rappellent-ils la turbulence de certaines vies. Et je me demande combien d'existences Wallace Kilmaron a endommagées ou détruites depuis 1840 – en suscitant pareilles incrédulité et incompréhension – jusqu'à ce que, par chance, par un pur hasard, sa vague vienne se briser sur moi, un autre ingénieur…

Je relis ce que j'ai écrit et je conçois que ce puisse être pris pour une preuve supplémentaire de mon problème, de ma folie particulière. Stella a de toute évidence pensé qu'il s'agissait d'un dernier mensonge désespéré, une pathétique et folle tentative d'expliquer mes multiples coups et trahisons. Mais là, assis au bord de l'Atlantique, je sens en moi une différence palpable. Je me sens calme, je me sens arrivé à une sorte d'entendement. L'onde de Kilmaron continue à voyager sans changer de forme ni de vitesse. Que disait Auchinleck ? « La pensée elle-même est un phénomène ondulatoire. » Le mouvement ondulatoire domine le monde des particules subatomiques, alors pourquoi pas les vies humaines ? Ou les histoires humaines à travers le temps ? Est-ce que ce pourrait être la source de toutes nos hantises ?

Le soleil cogne dur et je déguste ma bière glacée à petites gorgées tout en regardant les vagues vertes de l'Atlantique se briser sans fin. La femme qui tient ce bar a mis de la musique rock brésilienne. Elle a un corps mince, bien musclé, et porte un T-shirt bleu pâle, assez étroit pour révéler la forme précise de ses petits seins nus dessous. Elle est teinte en blonde. Elle me sourit en tendant une autre bouteille de bière perlée de condensation. Je secoue la tête. Je note ces détails et ne sens rien de plus. La bière que je bois est idéalement fraîche. Une légère brise souffle de l'océan. Suis-je enfin libéré de Wallace Kilmaron ?

Vidéo pour adultes

PLAY >

Le printemps à Oxford est de toute manière vulgaire mais ce printemps-ci a je ne sais quoi qui m'agace. Franchement ces cerisiers sont absurdes. On se demande si une telle abondance de fleurs est vraiment nécessaire. À croire presque que les arbres le long de Woodstock Road essaient de prouver quelque chose – une sorte de vantardise florale, histoire d'en mettre plein la vue au reste d'une végétation moins avancée. Très Oxford, ça. Pourrais-je insérer cette remarque dans le roman ? « Il n'y a qu'à Oxford que les cerisiers en font trop. » Bonne ouverture pour la séquence Oxford ?

REWIND <<

Ma rencontre avec mon nouveau patron de thèse n'a pas été un succès. Docteur Alexander Cardman. « Appelez-moi Alex », m'a-t-il suggéré très vite. Il m'a appelé Edward sans que je l'y autorise.

« Quel âge avez-vous ? a-t-il demandé.

– Trente et un ans. Et vous ?

– Trente-trois ans. Et vous écrivez cette thèse depuis… ?

– Depuis, oh, six ans. Sept. Sept et des poussières. J'ai quitté Oxford pendant trois ans pour aller enseigner. Puis je suis revenu.

– Enseigner ? Où ça ?

– Abbey Meade. Une école privée dans le Wiltshire.

– Ah. » J'entendais le ricanement de mépris se former dans sa tête. « Et vous êtes revenu…

– Pour finir ma thèse.

– Je vois… »

Dès cet instant, je l'ai détesté intensément. On aurait dit qu'il avait du gel dans les cheveux. La petite barbichette bien taillée était rebutante et le vague accent grasseyé du sud-ouest m'a frappé comme très affecté.

PLAY >

Summertown. Banbury Road. Je franchis le portail de See Breezes *(sic)* pour rencontrer mon nouvel étudiant, Gianluca di Machinchose. Il est aveugle, ainsi que m'en a informé l'école de langues, et il faut l'accompagner à mon appartement. Pas tous les jours, j'espère.

Une femme rondouillarde et enjouée m'ouvre la porte et me conduit dans un salon où est assis Gianluca. C'est un grand garçon, dix-huit ou dix-neuf ans, dirais-je, avec d'épais cheveux blonds et un visage triste au menton fuyant. Ses yeux sont grands ouverts et, tandis que je me présente et que je lui serre la main, ils semblent plonger dans les miens, d'une façon déconcertante, avec simplement leur nuance glauque teintée de rouge.

Nous repartons vers mon appartement dans Woodstock Road. Sa main droite repose légèrement sur le creux de mon coude gauche, sa main gauche tient un attaché-case et une canne blanche pliable. Nous ne parlons pas puisqu'il a dit, en bon anglais, qu'il avait besoin de se concentrer et de compter.

Nous avançons parmi les boutiques de Summertown et arrêtons la circulation au passage pour piétons. Moreton Road, Woodstock Road et puis cent mètres jusqu'à la maison.

« Appuyez sur cette sonnette, lui dis-je en guidant sa main sur l'étincelant bouton de cuivre, et je descendrai vous chercher. »

Dans le hall, Gianluca fait halte et renifle.

« Qu'est-ce que c'est cet endroit ?

– La maison d'un dentiste, dis-je d'un ton aussi dégagé que possible. J'habite au dernier étage. »

PAUSE II

Felicia, ma petite amie, est partie en Malaisie pendant une semaine pour tenter de vendre des actions d'Internet sur le marché du Pacifique ou un truc de ce goût. Peut-être s'agit-il d'obligations ou de fluctuations des changes sur les autres marchés ; ou bien encore vend-elle peut-être les intuitions d'autres spécialistes sur les fluctuations des marchés d'actions pour la prochaine décennie. Je n'essaie même pas de comprendre. Elle m'a donné la clé de sa maison pour que je puisse nourrir ses poissons tropicaux. Quand elle est partie, hier à l'aube, elle m'a embrassé, m'a dit qu'elle m'aimait et a ajouté, à propos de bottes et sur un ton un rien alarmant, qu'elle pensait que je ferais un merveilleux père. Je suppose que, pour elle, c'est à la limite d'un ultimatum.

PLAY >

« "Il existe", je lis, "comme tout écolier le sait à cette époque scientifique, une relation très étroite entre le charbon et les diamants…"

– S'il vous plaît, dit Gianluca, il y a une préface de Conrad, non ?

– Oui.

– Pourriez-vous, je vous prie, commencer par cela ? »

Il tape quelque chose en braille sur sa petite machine à écrire portable et je retourne au début. On pourrait penser qu'être payé quinze livres de l'heure pour lire *Victory* de Joseph Conrad à un jeune Italien aveugle, c'est un cadeau, mais pourtant mon cœur déjà est curieusement lourd de la fatigue à venir.

Pendant notre première séance de deux heures, nous réussissons à avancer de cinq pages. Gianluca écoute avec une concentration presque pénible et pose beaucoup, beaucoup de questions, dont il tape avec soin les réponses en braille sur sa machine. Je l'accompagne jusqu'à la porte d'en bas où il déplie sa canne blanche et repart vers See Breezes d'un pas étonnamment ferme. Alors que je fais demi-tour dans le hall, Krissi, l'assistante néo-zélandaise et non sans charme du dentiste, passe la tête par la porte du dispensaire et annonce : « Mr Prentice aimerait vous dire un mot après la conclusion des affaires, ce soir. »

Alors que je remonte lentement dans mon petit appart sous les toits, je me dis que « conclusion des affaires » est un trope prenticien et que je dois l'ajouter à ma collection.

SOUVENIR

C'est à Nice, je pense, que j'ai peut-être été le plus heureux. Dix-neuf ans. Au Centre universitaire méditerranéen. Pas de famille. Pas d'amis. Pas d'argent. Juste la liberté. Ma chambre à l'odeur de renfermé dans l'appartement de Mme D'Amico. Les jeunes putes de la rue de France. Les petites Françaises. Les jeunes Tunisiens. Ulrike et Anneliese. Il y a tant d'années. Nom de Dieu !

REWIND <<

Le docteur Alex Cardman me rendit mon chapitre : « Conséquences sociales de la loi sur les mines de 1842 dans le Yorkshire du sud, 1843-1850. »

« Qu'en pensez-vous ? » demandai-je.

Ce type, avais-je décidé, ne me faisait pas peur.

« Il y a quinze erreurs de transcription dans votre première citation, dit-il. Je n'ai pas continué ma lecture.

– Il ne s'agit que d'un brouillon, bon Dieu !

– Même un examinateur de seconde catégorie vous renverrait à vos tablettes pour ce manque de soin, dit-il d'un ton raisonnable. Vous ne voudriez pas prendre de mauvaises habitudes. Ramenez-moi ça quand vous aurez tout vérifié. » Il sourit. « Qu'est-ce qui vous a fait vous intéresser autant à la législation minière du milieu du XIXe siècle ? Un sujet plutôt ésotérique, même pour un doctorat oxonien. »

Justement ce côté ésotérique, espèce d'idiot, avais-je envie de répondre, au lieu de quoi je choisis de mentir, espérant ainsi annuler la gaffe à propos d'Abbey Meade.

« Mon père était un mineur, répliqué-je.

– Bonté divine, le mien aussi ! L'étain. En Cornouailles.

– Le charbon. Lancashire. »

FAST FORWARD >>

L'INTERVIEWER : L'attaque, dans le *Times*, de Sir Alexander Cardman, ne semble pas susciter en vous la moindre amertume ni même vous ennuyer…

MOI : Il s'agit d'une indifférence totale de ma part. N'est-ce pas Nabokov qui disait que la meilleure réponse à une critique hostile est de bâiller et d'oublier ? J'ai bâillé. J'ai oublié.

L'INTERVIEWER : Elle semble indûment personnelle, d'autant que votre livre a été très largement applaudi…

MOI : Je pense que les gens à l'extérieur ne se rendent jamais pleinement compte du rôle joué par l'envie ici, dans les débats littéraires et culturels.

PLAY >

Prentice porte son survêtement et ses baskets : il aime aller faire du jogging à la fin d'une journée de dentisterie. Je lui offre un verre de vin que, surprise, il accepte.

« Du chardonnay sud-africain, l'informé-je. Du côté de chez vous. » Prentice vient en fait du Zimbabwe. Je remarque qu'il a fait couper très court ses cheveux blond-roux, ce qui lui donne un air plus costaud, voire plus en forme si c'était possible. Il insiste toujours pour qu'on ne l'identifie pas comme sud-africain, Mr Prentiste, le dentiste…

« Je préfère le californien, dit-il.

– Que puis-je pour vous, Mr Prentiste ?

– Prentice.

– Pardon. »

Il sourit, montrant ses petites dents immaculées.

« Mauvaises nouvelles, annonce-t-il. Il faut que j'augmente votre loyer. À partir du mois prochain. »

Il avance un chiffre absurde.

« Ça fait… » Je calcule en essayant d'effacer la rage dans ma voix : « … une augmentation de 120 %.

– Le tarif en usage pour des appartements avec deux chambres sur Woodstock Road, selon les informations que je tiens d'un agent immobilier.

– Vous ne pouvez pas appeler une chambre le placard à balais où je travaille.

– Les lois du marché, dit-il en sirotant puis en hochant la tête : ceci est en fait un excellent vin. »

FONCTION

Felicia n'est pas naturellement blonde, a une tendance aux rondeurs et m'est très attachée. Elle a été mon élève pendant un trimestre à Somerville. On a eu une liaison, Dieu sait pourquoi. Elle est entrée dans une banque de la Cité. Elle est revenue à Oxford il y a trois ans. Je pense à présent qu'elle est revenue me retrouver. En une année, elle gagne vingt fois plus d'argent que moi.

AFFICHAGE

Mon roman toujours pas terminé. Cinq ans à l'écrire. Que j'ai décidé aujourd'hui d'appeler « Anatomie morbide ».

AVANCE RAPIDE >>

L'INTERVIEWER : Pourquoi avez-vous démissionné de la chaire Trevelyan d'histoire moderne ?

MOI : Je n'approuvais pas le nouveau programme.

L'INTERVIEWER : Ça n'avait rien à voir avec cette guerre de destruction réciproque à l'intérieur de la faculté d'histoire, un problème de jalousies professionnelles ?

MOI : En ce qui me concerne, c'était purement une question de principe. C'était mon devoir.

PLAY >

Gianluca me regarde – ou du moins son regard aveugle est tourné dans ma direction. Je continue à lire, en hâte :

« “Entre-temps, Schomberg observait Heyst du coin de l'œil” – ah, notez ce superbe cliché conradien…

– Pourquoi Heyst est-il si passif ? demande Gianluca. On dirait qu'il est *stagnante*.

– Même mot, dis-je tout en me demandant pourquoi en effet. Eh bien, il est un peu paumé, Heyst, pas vrai ? »

Gianluca tape – je suppose – « Heyst = paumé » en braille sur sa machine.

« Il va avec le courant », j'improvise.

Nous avons atteint la page 67. Je ne crois pas avoir jamais accordé autant d'attention à un texte et pourtant je ne me rappelle presque rien. Chaque jour, c'est comme si je repartais de la page 1.

REPEAT

« Il voulait aller littéralement à la dérive, corps et âme, telle une feuille morte emportée par les vents. »

PLAY >

Mrs Chode a laissé son aspirateur dans l'escalier. Je pars à sa recherche pour lui demander de l'ôter car Gianluca va arriver.

« Le jeune aveugle ? Il est étonnant celui-là, avec la manière dont il va et vient. Fantastique, vraiment, Dieu le bénisse. »

J'acquiesce, d'un ton las. Mrs Chode a un visage verruqueux, souriant et, bizarrement pour la femme de ménage d'un dentiste, de nombreux manques dans son fameux sourire. « Chode de nom, chaude de nature », répète-t-elle au moins deux ou trois fois par semaine.

« Vous le regardez, poursuit-elle, et vous jureriez qu'il peut voir. Étonnant. »

Une méchante petite pointe de suspicion me pénètre l'esprit.

REWIND <<

Felicia a commencé à parler d'enfants le jour de ses vingt-huit ans. Nous nous « fréquentions » déjà depuis deux ans. Je lui demandai pourquoi elle avait choisi d'habiter Oxford avec ces longs et ennuyeux allers-retours sur Londres alors que, grâce à son salaire, elle aurait pu vivre commodément et confortablement à Londres. « J'ai toujours été heureuse à Oxford, dit-elle. Et d'ailleurs, tu vis ici. » Son raisonnement ne tient pas. Elle est revenue à Oxford, a acheté sa petite maison dans Osney Mead, puis nous nous sommes re-rencontrés et, comme ça arrive, nous avons repris notre liaison. Il y a dans « Anatomie morbide » un personnage basé de loin, de très loin, sur Felicia. Je crois qu'il meurt dans un accident d'avion.

PLAY >

Ceci est un peu honteux mais je sais que je dois le faire. Gianluca s'en va et, trente secondes plus tard, je suis dehors en train de le suivre. Je l'observe un moment et, tandis qu'il attend de traverser au passage clouté, je profite d'un trou dans la circulation pour le dépasser. Je trottine devant les boutiques de Summertown jusqu'à ce que j'aie cent mètres d'avance sur lui et, caché sous une porte cochère, je le regarde approcher d'un pas régulier et ferme. Il est vrai, comme l'a remarqué Mrs Chode, que, s'il n'y avait pas sa canne blanche, rien n'indiquerait dans la démarche de Gianluca qu'il est aveugle. S'agit-il d'un triste subterfuge, d'un problème mental ? je me demande soudain, pris peu à peu de colère plutôt que de commisération, car je suis une des premières victimes de ce subterfuge. Ou bien n'est-il que partiellement aveugle et en remet-il une louche pour susciter plus de sympathie ?

Je le laisse passer. « Hé, vieux ! » Je déguise ma voix avec une touche de démotique oxonien. « Z'avez laissé tomber c't argent. »

Il se retourne :

« Pardon ? »

Ma paume vide offre un invisible billet de dix livres.

Il fait un pas vers moi, ses yeux bougent.

« De l'argent ? »

Il fouille dans sa poche, en tire un portefeuille. Il est bien aveugle, totalement aveugle, aveugle comme une taupe, et je me sens un instant envahi de dégoût pour moi-même.

« J'ai perdu de l'argent ? » dit-il en tripotant la fermeture Éclair de son portefeuille.

« Gianluca ? » appelle une voix de femme.

Nous nous retournons tous les deux.

« Gianluca, dis-je. Tout va bien ?

– Edward ! s'écrie-t-il avec soulagement. J'ai cru que quelqu'un me parlait. »

La fille nous a rattrapés à présent et elle prend le bras de Gianluca. Elle est petite, avec des cheveux châtains drus et un air espiègle, mi-rieur mi-méprisant. Elle porte du noir et fume.

« Ma sœur Claudia, dit Gianluca en nous présentant. Voici Edward. Claudia est venue passer quelques jours ici. Elle me raccompagne à la maison. »

Je tends la main pour serrer celle de Claudia.

« Gianluca m'a tout raconté de vous.

– Pas tout, j'espère », je réplique en plongeant dans ces yeux bruns fendus et perçants.

Et je sais.

PAUSE II

C'est une sorte de tournant décisif, je m'en rends compte. Quand, instantanément, vous savez. Et quand l'autre personne sait que vous savez. C'est, dans un sens, un signe infaillible de maturité – un seuil franchi. Toute votre science du monde imaginée, rêvée, ambitionnée, soudain se réduisant à une simple et brutale reconnaissance adulte. Les derniers lambeaux de l'insécurité de l'adolescence enfin disparus. À partir de maintenant il n'y aura plus ni doute ni ambiguïté. Vous pouvez regarder quelqu'un dans les yeux et, sans un mot, la question peut être posée – si vous voulez la poser – et vous connaîtrez la réponse : oui ou non. Fin de l'histoire.

FAST FORWARD >>

INTERVIEWER : Vous n'avez pas trouvé que le Nobel/Pulitzer/Goncourt inhibait d'une certaine manière votre créativité ?

MOI : Au contraire, ça a été une libération. Et le chèque très bienvenu, aussi. (Rires)

REWIND <<

J'ai quitté le bureau de Cardman et je suis sorti dans la cour du collège en tenant à la main mon chapitre plein d'erreurs roulé comme un bâton, comme une matraque. Le soleil de l'après-midi frappait les vénérables bâtiments à l'oblique, faisant ressortir les détails des sculptures avec une admirable clarté. La pelouse tondue très ras était immaculée, parfaitement rayée, presque indécemment, absurdement verte, sans le moindre signe de mauvaise herbe ou de pâquerette. Je me rendis compte que je détestais les vieilles bâtisses, détestais les sculptures en pierre couleur de miel, détestais l'érudition, détestais les jeunes professeurs arrogants avec leurs airs supérieurs. Tant de haine, me dis-je en traversant le Magdelen Bridge ne peut pas me faire de bien. Les feuillets de mon chapitre tombèrent en tourbillonnant doucement dans les eaux brunes et troubles de la Cherwell.

PLAY >

Je me promène dans la maison nette, claire, de Felicia en essayant de m'imaginer vivre là. Où seraient placées mes affaires ? Où serait placé mon bureau ? Tout est net, net, net, tout est net et bien en ordre. Même les jouets en peluche sur son couvre-lit sont rangés en ordre décroissant. Comme on pouvait le prévoir, je cherche dans son panier à linge une culotte sale pour m'y masturber mais ne trouve que des collants, des jeans raccourcis et une chemise de rugby – et l'instant autoérotique s'évanouit. Consciencieusement, je nourris ses éblouissants poissons feuillus en essayant d'analyser ce que je ressens pour Felicia, avec sa décence, son attachement déconcertant, dépourvu d'esprit critique, son esprit cloisonné, à la fois futé et intelligent, notre incompatibilité fondamentale… Je pourrais m'insérer ici, je suppose, mais où irait le bébé ?

REWIND <<

Je regardais *Blade Runner* pour la treizième fois environ quand Felicia a appelé.

« Salut. Qu'y a-t-il ? dis-je.

– Juste pour que tu saches que j'ai bien atterri.

– Oh. Épatant. Où es-tu ?

– Singapour. K. L. demain.

– K. L. ?

– Kuala Lumpur.

– Pourquoi les gens n'appellent-ils pas San Francisco S. F. ? Je me suis toujours posé la question. "Hé, tirons-nous à S. F. !"

– Tu vas bien, Edward ?

– Quoi ? Ouais. Je crois que je vais laisser tomber ma thèse. Me concentrer sur le roman.

– Merveilleuse nouvelle. Écoute, je dois filer, la voiture m'attend. Je t'aime.

– Bye. » Je raccroche le téléphone. « Je t'aime. »

PLAY >

Claudia m'allume ma cigarette, un geste qui, pour une raison quelconque, suscite toujours en moi un petit spasme de désir, un petit frémissement intestinal.

« Il faut que vous essayez notre bière anglaise, dis-je. La Pisse de Chien Triplement Fermentée du Vieux Fuddleston.

– Ah ouais. Je crois que je vais m'en tenir à la vodka.

– Très sage, Claudia. Vraiment très sage. »

Nous sommes assis dans l'alcôve sombre d'un pub enfumé et bas de plafond sur Broad Street, et je me demande si je devrais l'embrasser maintenant mais décide d'attendre un peu – j'aime assez cette escarmouche sexuelle.

« Alors, Eduardo. » Elle envoie une volute de fumée au plafond puis se penche suffisamment en avant pour que je voie le gonflement de ses petits seins dans le décolleté de son T-shirt. « Vous écrivez des romans. Puis-je les lire ?

– Et comment donc, Claudia. Un de ces jours. »

FAST FORWARD >>

INTERVIEWER : Alors pourquoi vous installer à Big Sur/ Sausalito/Arizona/Key West ?

MOI : Eh bien, après mon divorce, j'ai eu besoin de quitter l'Angleterre. Je vivais déjà alors avec Cora-Lee et son père nous a offert l'usage de sa villa / maison de plage / ranch. Je traversais une mauvaise passe sur le plan émotionnel et j'avais besoin de paix. De paix de l'esprit. Le plus précieux des produits sur la planète.

INTERVIEWER : Cora-Lee est bien plus jeune que vous ?
MOI : C'est vrai. Mais sa sagesse est sans âge.

SLOW MOTION I >

Le T-shirt de Claudia s'enlève assez facilement mais je suis surpris de voir qu'elle porte un genre de grossier petit soutien-gorge sportif sans agrafe je tire sur une bretelle je suis plutôt foutrement pété toute cette bière et cette vodka Jésus qu'est-ce qu'on a descendu je fais valser une chaussure et j'entends la fermeture Éclair des jeans de Claudia s'ouvrir elle titube jusqu'à la salle de bains j'ôte le reste de mes vêtements et je me glisse sous le duvet les couilles à nu je crois les couilles à nu elle arrive merde encore avec ce soutien-gorge et une culotte bleue pas assortie elle enlève d'un coup le duvet en rigolant et en me criant en italien *« Preservativa preservativa ! »*.

PLAY >

Par manque de chance, un foutu putain dégueulasse manque de pot, Prentiste le dentiste franchit la porte d'entrée juste au moment où Claudia et moi traversons le hall. Quel genre de dentiste vient travailler à 7 h 45 du matin ? Et pourquoi devrais-je me sentir coupable ? Je suis un adulte qui loue un appartement à un autre adulte. Je présente Claudia. Que je sois dans cet appartement uniquement parce que Felicia connaît Prentice qu'elle a rencontré à son club de squash est un fait que je préfère ne pas considérer pour l'instant.

Claudia me regarde de cette manière bien à elle. « Au revoir, Edward, à plus tard. » J'imagine que nous devons puer le sexe – une sorte de suintement qui cocotte dur le sperme, la sueur et les draps froissés et qui remplit le hall comme du gaz lacrymogène.

Claudia s'en va.

Prentice se tourne vers moi :

« Je ne vois pas ce qu'elle vous trouve, dit-il, la voix âpre.

– Claudia ?

– Felicia, espèce de tragique salopard. Je ne comprends pas pourquoi elle veut vous épouser.

– Parce qu'elle m'aime, Prentiste, voilà tout.

– Je veux que vous fichiez le camp d'ici. À la fin de la semaine. »

FAST FORWARD >>

INTERVIEWER : Pensez-vous parfois à l'avenir ? À la mort ?

MOI : N'est-ce pas Épicure qui disait : « La mort n'est pas notre affaire » ?

PLAY >

« "Davidson, pensif, parut soupeser l'affaire dans son esprit et puis murmura avec une calme tristesse : 'Rien !'" » Je ferme le livre. « Fin », dis-je à Gianluca.

Je descends dans le hall avec lui et nous nous faisons nos adieux. Gianluca me remercie avec une certaine sincérité. Je me demande si Claudia lui a décrit mon apparence. Gianluca et le long, l'interminable *Victory* vont me manquer – le vont-ils vraiment ? Je suis certain d'une chose : je ne lirai plus jamais un livre de Joseph Conrad. L'ambiance est à la… calme tristesse. Tristounette mais pas troublante, pas déplaisante.

« Claudia a dit qu'elle vous appellerait ce soir.

– Je ne serai pas ici ce soir, je réplique. Je déménage. Je vais habiter chez un ami. Dites à Claudia… Dites-lui simplement au revoir pour moi. »

PAUSE II

Je suis sur le quai de la gare d'Oxford, un bouquet de tulipes écarlates beaucoup trop chères à la main, contemplant avec sympathie, de l'autre côté des rails, les navetteurs bardés de leurs attachés-cases et de leurs journaux. Le train de Felicia apparaît, ralentit et s'arrête, les portières s'ouvrent. Je reste là où je suis, sans bouger, et je vois Felicia dans son élégant tailleur descendre en traînant sa valise (qui contient, je le sais, une chemise de soie pour moi), repoussant ses cheveux derrière ses oreilles, me cherchant du regard, moi, son futur mari. Je lève mon bouquet de tulipes écarlates trop chères et je lui fais signe.

Fantaisie sur une valse aimée

Clara Billroth tendit le bébé à Frau Schäfer et l'enfant, content, se blottit contre la vieille femme, ses cris réduits à des gazouillis et des reniflements.

« Dis au revoir à ta maman », l'encouragea en vain Frau Schäfer, comme elle le faisait chaque soir, en prenant le poignet du nourrisson entre le pouce et l'index pour imposer un simili d'au revoir aux minuscules petits doigts. « Dis "au revoir, Maman". Allons, dis-le, Ulrich.

– Je vous en prie, ne l'appelez pas Ulrich, se plaignit Clara. Je n'aime pas ce nom.

– Il faut bien que vous lui donniez un nom, répliqua Frau Schäfer, vexée, cet enfant va bientôt avoir quatre mois. Ce n'est pas convenable. Ce n'est pas chrétien.

– Oh, d'accord, j'essaierai d'en trouver un », dit Clara avant de tourner les talons et de s'emmitoufler dans son châle.

Elle s'engouffra dans l'escalier et sentit le vent froid venir à sa rencontre par la porte de l'immeuble. Avril, songea-t-elle, on pourrait aussi bien être encore en hiver.

Elle descendit d'un pas vif la Jägerstrasse en direction de St. Pauli, un peu en retard, ses chaussures trop étroites l'obligeant à ralentir l'allure, à s'appuyer davantage sur le pied droit que sur le gauche. Le gauche lui faisait mal. Anneliese prétendait que les pieds n'ayant jamais exactement la même taille, il faudrait avoir une chaussure différente pour chacun. Anneliese et ses absurdités… Dans quel monde serait-ce possible ? Quelle fortune faudrait-il posséder pour avoir une chaussure différente…

Elle aperçut le garçon appuyé contre le réverbère à gaz : il le tenait à deux mains, comme accroché à un mât sur le pont d'un bateau à la gîte dans la tempête. En approchant, elle le vit presser sa tête sur le métal perlé d'humidité. Le vent soufflait du port, plein de menaces de pluie et, dans la nuit tombante, les réverbères portaient leurs halos brumeux à la manière de couronnes chatoyantes. Le garçon avait dans les quatorze ou quinze ans, et de longs cheveux blond-roux qui lui entraient dans le col. Les yeux fermés, il semblait se parler silencieusement à lui-même.

« Hé, lança Clara, vigilante, ça va ? »

Il ouvrit les yeux et se tourna vers elle. C'était un adolescent robuste avec de beaux traits, des yeux bleus, les cheveux crantés dégageant le front.

« Merci », dit-il en clignant des paupières aux cils pâles. Il avait un fort accent de Hambourg. « La migraine, ajouta-t-il. Vous ne pouvez pas imaginer les maux de crâne que j'ai. Mais ça ira. Il me faut simplement attendre que ça passe. C'est aimable à vous de vous arrêter mais ça va aller. »

Clara le fixa, les yeux plissés : il avait le regard voilé par l'effort qu'il faisait pour parler. Elle-même avait aussi parfois souffert de migraines, surtout après la mort de la petite Katherina, et au cours de sa grossesse quand elle attendait le petit garçon, quel que soit le nom qu'elle lui donnerait, le petit « Ulrich ».

« Très bien, alors, mais faites attention que les policiers ne vous voient pas. Ils penseront que vous êtes ivre. »

Le robuste adolescent rit poliment et Clara poursuivit son douloureux chemin.

*

Clara ajusta le plastron de sa robe de façon que ses seins bougent librement par-dessus le corselet. Les hommes aimaient ça, ça marchait toujours. Elle tira sur le décolleté, redressa le dos et, pivotant de droite à gauche, contempla son reflet dans la glace. Elle était jolie ce soir, se dit-elle : le vent froid venu de l'Elbe lui avait mis des couleurs au visage. Elle trempa son doigt dans le pot de rouge, en rajouta une touche sur chaque joue et sur ses lèvres. Elle tenait à faire bonne impression pour son premier soir : Herr Knipe serait content d'elle. Elle était en avance aussi, aucune des autres filles n'était encore là et quand elle traversa le bar on était en train d'astiquer les verres et de balayer la piste de danse. Un endroit apparemment prospère que ce *Lokal*, pas comme le dernier, il y avait même des draps sur les lits. Herr Knipe semblait plus généreux aussi : « Gardez la moitié, ma petite, avait-il dit, plus vous travaillez, plus je suis heureux. »

Dans le bar, le pianiste était arrivé et s'était assis sur l'estrade, jouant et rejouant les mêmes notes, comme s'il accordait le piano. Elle alla vers lui pour se présenter – c'était important de se lier d'amitié avec les pianistes, car ainsi ils jouaient vos mélodies préférées. Le pianiste l'entendit traverser la piste et se retourna.

« Tiens ! s'exclama Clara, surprise. Le garçon à la migraine ! Que faites-vous ici ? »

Le garçon sourit :

« J'y travaille.

– Comment va la tête ? » s'enquit Clara.

Il avait les yeux du bleu le plus clair, toute ombre envolée à présent.

« Supportable. »

Elle vit qu'il essayait de ne pas regarder sa poitrine.

« Comment vous appelez-vous ? » dit-elle.

Il était trop jeune pour travailler ici, quatorze ou quinze ans…

« Euh, Hannes, dit-il. Hannes… Kreisler.

– Moi, c'est Clara, Clara Billroth. Jouez-vous des valses ?

– Oh oui, dit Hannes. J'en connais plein.

– Connaissez-vous celle-ci ? » Clara chanta quelques notes : « C'est ma préférée. »

Hannes fronça les sourcils :

« Vous ne chantez pas très bien, j'en ai peur, dit-il. Est-ce que c'est cela ? »

Il se tourna vers le piano et de la main droite joua l'air.

« Oui », approuva Clara se mettant à fredonner, puis elle le vit poser la main gauche sur le clavier et soudain la salle s'emplit de la valse, sa valse, sa valse préférée. Elle était étonnée, comme toujours, par cette façon qu'ils avaient, ces pianistes, à partir d'un air tout simple… quelques notes, et en quelques secondes ils jouaient comme des fous – des deux mains, sans partition – comme s'ils avaient connu cette valse toute leur vie. Clara oscillait en rythme. « Vous êtes très bon, jeune Kreisler, mon petit. Oh, mon Dieu, regardez, voilà Herr Knipe. Il vaut mieux que j'y aille. »

Quatre hommes – quarante marks, vingt pour elle, un bon commencement. Un gros matelot, puis son copain. Puis quelques danses. Puis un voyageur de commerce d'Altona qui lui avait montré fièrement un daguerréotype de sa femme – elle détestait qu'ils fassent ça. Puis un type au teint sombre, musclé – Norvégien ou Suédois – qui sentait le poisson. Clara renifla son épaule, inquiète que l'odeur ait pu lui coller dessus. Il avait soufflé et haleté, le Norvégien, et il avait pris son temps. Aucun de ses trucs à elle n'avait paru marcher. Il avait tranquillement pris son temps.

Elle termina sa bière, remonta les draps et les rajusta. Elle décrochait son châle quand quelqu'un frappa à la porte. C'était Hannes.

« Salut, petit Kreisler. Merci d'avoir joué ma valse.

– Elle est très jolie, votre valse, dit Hannes. L'air me plaît.

– Vous voulez une bière ? demanda Clara.

– Non, il faut que je m'en aille. Je suis venu vous dire au revoir.

– À demain, dit Clara remarquant qu'il reluquait de nouveau sa poitrine.

– Non, non, je pars, dit-il. En convalescence. Je ne suis pas très bien. » Il lui adressa un sourire las. « Je ne peux plus supporter l'idée de ces migraines. Je crois que ma tête va exploser. »

Clara haussa les épaules :

« Eh bien, j'espère qu'on trouvera quelqu'un d'aussi bon que vous au piano. » Ils descendirent ensemble l'escalier menant à l'entrée de service. « C'était vraiment très chic ce soir, Hannes, mon garçon. Vous avez du talent, vous savez. »

Hannes eut un petit rire poli, la sorte de petit rire propre à lui signifier qu'il connaissait parfaitement la mesure de son talent. Ils s'arrêtèrent à la porte, Clara noua son châle et le passa par-dessus la tête.

« Eh bien, salut et au revoir, Hannes Kreisler. »

Sur quoi, elle l'embrassa, une manière de cadeau d'adieu, en réalité, parce qu'il avait été gentil avec elle, un de ses vrais baisers, avec sa langue à elle dans sa bouche à lui, histoire de lui offrir un souvenir d'elle, et elle le laissa tripoter et presser ses seins un moment avant de le repousser en riant, de lui taper sur l'épaule et de dire : « Ça suffit pour toi, mon petit, je vais me coucher. »

*

Drôle comme tout pouvait changer en un an, songeait Clara, en flânant dans l'Alster Arcade et en léchant les vitrines des beaux magasins. Elle aimait bien faire ça avant d'aller travailler le soir à St. Pauli. 1847 avait été, enfin, pas trop mauvais, mais 1848… Bon Dieu, pas si bon. Si seulement Herr Knipe n'était pas mort. Si seulement Frau Schäfer n'était pas partie vivre avec son fils à Hildesheim, si seulement le bébé avait été en meilleure santé et n'avait pas eu besoin de tant de médecins. De l'argent. Elle ne pensait plus qu'à l'argent. Partout il y avait la révolution, disait-on, et elle, tout ce à quoi elle pensait, c'était l'argent. Elle contempla son reflet dans la vitrine de Vogts & Co. Elle ferait bien de reprendre un peu de poids : les messieurs n'aimaient pas les filles maigres ces temps-ci. Elle soupira et alla se poster dans un coin ensoleillé « pour réchauffer mes pauvres vieux os », se dit-elle avec un petit rire, « juste une minute ou deux ».

Il y avait un grand magasin de pianos de l'autre côté de la rue, les pianos dans la vitrine, lustrés, chatoyants, couvercle levé, bois grainé brillant de cire. La chaleur d'un été précoce faisait que les portes à double battant étaient ouvertes, et Clara entendait par-dessus le bruit des fiacres et des tramways le démonstrateur en train de jouer une valse à l'intérieur. Dum di di, dum di, di... Bonté divine, pensa-t-elle, mais c'est ma valse !

C'était bien le petit Hannes Kreisler, découvrit Clara, quoique plus si petit, le dos était plus large, la mâchoire plus carrée, le cheveu plus long encore, jouant avec enthousiasme sur la petite estrade au centre du grand magasin. Mais, aujourd'hui, il ne se faisait plus appeler Hannes Kreisler. La belle plaque de cuivre sur le tableau donnant le nom du démonstrateur (et son adresse pour des leçons) indiquait : Karl Wurth.

Clara entra dans le magasin, contente qu'il y ait beaucoup de monde, persuadée qu'avec un peu de chance personne ne lui ordonnerait de quitter les lieux sur-le-champ. Une petite foule formait un demi-cercle autour de Karl Wurth et l'écoutait jouer. C'était la valse de Clara, certes, mais elle était différente aussi, l'air était plus libre : il ne cessait de changer, variant d'allure et de rythme, puis revenant aux notes originales. Clara s'approcha un peu plus et regarda Hannes jouer. Elle vit qu'il lisait une partition, que des feuillets étaient posés devant lui, qu'il se concentrait sur les notes. La musique se fit plus rapide avant de finir en une sorte de galop et une série d'accords retentissants, pas du tout comme une valse. Hannes retira lentement ses mains du clavier. Il y eut des applaudissements, Hannes regarda autour de lui avec son léger sourire et fit une petite courbette avant de se redresser et de quitter le piano, emmenant sa partition et la pancarte portant son nouveau nom.

« Eh bien, tiens donc, n'est-ce pas le célèbre pianiste Herr Karl Wurth ? » s'exclama Clara en tirant sur les basques du jeune homme.

Celui-ci se retourna et reconnut immédiatement Clara qui en fut ravie.

« Clara ! Quelle surprise !

– Comment va la boule ? dit-elle en tendant la main pour tapoter le front de Hannes. Comment vont les maux de tête ?

– Bien mieux, dit Hannes. J'ai passé l'été dernier à Winsen. Parfait. Guérison complète. Vous connaissez ?

– Winsen ? Oh, je ne pars jamais d'ici, répliqua Clara. C'était ma valse que vous jouiez. Vous l'avez même transcrite. »

Il avait roulé sa partition en un bâton serré.

« Tenez, dit-il en le lui tendant. C'est un cadeau.

– Comment la jouerez-vous si vous me la donnez ? demanda-t-elle.

– Oh, elle a besoin d'améliorations. Je vais y travailler encore. C'est tout là-dedans ! » Il toucha légèrement sa tête. « Alors, Clara, toujours dans le *Lokal* de Knipe ?

– Il est mort, dit Clara. Tuberculose. Ça a tout changé. Je suis partie – pour un endroit dans Kastanienallee. Ils ont besoin d'un pianiste convenable, je peux vous le garantir. Alors, si vous cherchez une situation, je vous recommanderai… »

Hannes allait répondre quand un autre garçon surgit à ses côtés, portant un cartable à musique.

« Et qui est donc cette charmante jeune dame ? » dit le garçon.

Il avait des traits vifs, mobiles, des cheveux bruns et un menton pointu.

« Je te présente Clara, dit Hannes. Une amie de longue date. Et voici mon frère Fritz. Qui est en retard.

– Mes excuses, dit Fritz avec une courbette à Clara. Cet homme-là est un meneur d'esclaves. »

Puis il monta sur l'estrade, ouvrit son cartable et en sortit des partitions.

« Il faut que je m'en aille, annonça Hannes. J'ai une leçon à donner.

– Nous avons tous besoin de gagner notre vie, répondit Clara. Allez-y. Je vais regarder les pianos. »

Ils se serrèrent la main.

« Quel est le nom de votre *Lokal* ? demanda Hannes, en baissant la voix. Peut-être y passerai-je. »

Elle voulut le lui dire puis se ravisa.

« Oh non, ce n'est pas un endroit pour vous, Hannes Kreisler-Karl Wurth !

– Je le trouverai, répliqua-t-il. Kastanienallee n'est pas si grande. J'y ai probablement travaillé. J'ai travaillé dans pas mal de ces endroits. »

Elle se résolut alors à lui dire le nom : Chez Flügel. Quoi de mal à ça, se persuada-t-elle, c'était presque un homme, il gagnait de l'argent, pourquoi refuser l'occasion d'en gagner un peu elle-même ?

« Je vous en prie, prenez-le, dit-il en lui tendant de nouveau le rouleau de sa partition. Un souvenir. »

Elle s'en empara.

« À bientôt, Clara ! » lança-t-il.

Ils savaient tous deux que c'était fort improbable ; pourtant on ne savait jamais avec un homme et ses appétits.

« Certainement, dit-elle, venez n'importe quand après six heures, nous danserons. »

Elle réussit à regarder les pianos pendant quelques minutes avant qu'un des chefs de rayon vienne lui demander de partir. Au moment où elle passait devant l'estrade du démonstrateur, Fritz Wurth lui sourit et lui adressa un signe d'adieu de la tête. À ceci près qu'il ne s'appelait pas du tout Fritz Wurth, comme elle le découvrit en regardant sa pancarte, mais Fritz Brahms. Brahms. Qu'est-ce que c'était que ces gamins ? D'abord Kreisler, puis Wurth, et maintenant Brahms – tout ça n'était qu'un jeu pour eux.

Elle repartit sur St. Pauli en omnibus et s'efforça de ne pas repenser à l'expression du chef de rayon quand il l'avait priée de quitter les lieux. Pour se distraire, elle déroula la partition que Hannes lui avait donnée. Hannes s'était montré gentil, convenable, il s'était souvenu d'elle. Tout écrit à la main, aussi, le petit gribouillis noir des notes. Comment pouvait-on jouer à partir de ça ? Son frère avait été poli aussi. Elle lut lentement le titre, ses lèvres remuant à mesure qu'elle formait les mots : « Fantaisie sur une valse aimée. » Un souvenir. Un geste gentil. Elle le prononça à voix haute, doucement : *« Phantasie über einem beliebten Walzer… »* Il y avait des gens bien dans le monde, pas beaucoup, mais quelques-uns. Hannes. C'était un bon nom, ça, un raccourci pour Johannes… Oui, peut-être, c'était ainsi qu'elle devrait appeler le bébé. Hannes Billroth.

Elle continuait à rêvasser au nouveau nom du bébé quand elle arriva au *Lokal* de Herr Flügel. Hannes Billroth – ça sonnait bien. Ce n'est qu'en prenant son poste au bar, et alors que le pianiste commençait à exécuter bruyamment une vieille polka assommante, qu'elle se rendit compte qu'elle avait oublié la partition dans le tram. Son étourderie la mit en colère un instant ou deux, puis elle se demanda ce qu'elle aurait pu faire de toute manière d'un pareil manuscrit ; et il était bien certain que ce singe en train de taper comme un fou sur le piano n'aurait jamais été capable d'en tirer quoi que ce soit. Quelque chose de si délicat et de si beau. *Phantasie über einem beliebten Walzer.* Je vous demande un peu. Ni queue ni tête.

Varengeville

Leçons en esthétique de la trahison

L'air sombre, Oliver fronça les sourcils et repoussa ses lunettes sur l'arête de son nez, enregistrant le sourire bizarrement radieux de sa mère et tentant d'ignorer la grimace ricanante de Lucien, presque obscène d'orgueil et d'autosatisfaction. Lucien était l'« ami » de sa mère : Oliver avait décidé qu'il n'aimait pas Lucien.

« De quoi s'agit-il exactement ? interrogea Oliver pour gagner du temps.

– Je crois que les gens appellent cela une bicyclette », répondit Lucien.

Oliver nota que sa mère trouvait la réplique amusante.

« Je le sais, dit Oliver patient, mais pourquoi me donnez-vous une bicyclette ?

– C'est un cadeau, intervint sa mère. Un cadeau pour toi, pour que tu puisses aller explorer. Remercie Oncle Lucien. Vraiment, tu es intolérablement gâté.

– Merci, Lucien, dit Oliver. Vous êtes très aimable. »

La bicyclette était solide, un peu trop grande pour lui, noire, avec trois vitesses et des phares, et en plus – Oliver reconnaissait que ce gadget lui plaisait – une petite béquille pliante qui permettait à l'engin de tenir sans appui quand on le garait.

Il ne fallut pas longtemps cependant pour que le but du cadeau devienne évident. Oliver se demanda si sa mère le croyait vraiment stupide à ce point. Chaque fois que Lucien arrivait de Deauville en voiture, toujours après le déjeuner (il partait toujours avant six heures), la mère d'Oliver se tournait vers lui et disait : « Oliver, chéri, pourquoi ne vas-tu pas en vélo à Varengeville poster cette lettre pour moi ? » Elle lui donnait cinquante francs et lui suggérait de s'offrir un *diabolo menthe** au café sur la place. « Visite, lui conseillait-elle de surcroît, vaguement, en agitant les bras. Va ici et là. Merveilleuse campagne, les plages, les arbres. La liberté de la route. Remplis tes poumons, mon chéri, remplis tes poumons. »

Et Oliver, d'un air las, enfourchait la grande bicyclette noire et pédalait jusqu'à Varengeville, la lettre coincée dans sa ceinture. Il avait une assez bonne idée de ce que sa mère et Lucien feraient pendant son absence – il savait, il était en fait parfaitement convaincu que cela impliquerait quantité de baisers – et il était certain que ça ne plairait pas à son père. Il avait découvert sa mère et Lucien en train de s'embrasser, un jour, et il les avait observés en silence, un peu troublé par la violence, le bruit de succion avec lequel leurs bouches se dévoraient. Puis ils s'étaient séparés et sa mère l'avait aperçu. Elle l'avait aussitôt emmené dans la pièce voisine pour lui expliquer que Maman avait été malheureuse et qu'Oncle Lucien s'était simplement montré gentil et avait tenté de lui remonter le moral mais qu'il valait mieux qu'il n'en parle pas à Papa. Ils comprirent tous deux sur-le-champ – les yeux d'Oliver se plissant – que cette explication était ridiculement inepte, qu'elle n'entamait même pas la tromperie flagrante. Sa mère changea donc de tactique et lui arracha en lieu et place une promesse : elle lui arracha une des plus sévères, terrifiantes et implacables promesses. Oliver sut qu'il n'oserait jamais rien raconter à Papa.

Lucien venait deux ou trois fois par semaine, toujours dans l'après-midi. Une fois, il vint déjeuner un dimanche accompagné d'autres amis et d'une femme nerveuse, fébrile, avec des cheveux cuivrés bizarres, qu'il présenta comme sa femme. On était au début du mois d'août et Oliver commençait à compter obstinément les jours qui le séparaient de son père, conscient que l'on était juste à la moitié de l'été et qu'il y aurait encore de nombreuses expéditions en vélo à Varengeville.

C'est lors de sa sixième ou septième expédition au village qu'il remarqua le vieux peintre. Oliver prenait toujours le même chemin : il remontait l'allée en pente menant à la grille, longeait ensuite le sentier de la ferme jusqu'à la route ; après une exaltante et rapide descente en roue libre le long de la haie conduisant à la D75, il prenait la route en corniche sur Varengeville, avec sur sa gauche l'océan éclatant, splendide et agité, ses yeux plissés derrière les verres de ses lunettes, à moitié aveuglé par l'éclat du soleil de l'après-midi.

C'est la forme bizarre de la toile qui attira tout d'abord son attention : longue et mince, presque comme une petite planche, vissée sur un chevalet. Le vieux peintre était assis, parfaitement immobile sur un pliant en tissu ; les bras croisés sur la poitrine, ses pinceaux et sa palette sur les genoux, il contemplait la mer. Oliver remarqua sa tignasse complètement blanche, bien coiffée et, quoique l'homme fût assis, il sut qu'il devait être grand et mince.

À Varengeville, il posta la lettre de sa mère puis s'en alla boire son *diabolo**. Le café était toujours calme au milieu de l'après-midi. Le jeune serveur maussade, avec un petit duvet de moustache sur la lèvre supérieure, prit sa commande, le servit, accepta son paiement, jeta sur la table la monnaie, déchira un coin du reçu et repartit, rangeant bruyamment au passage des chaises déjà en bon ordre, le tout sans un mot.

Oliver contempla la petite place et songea à des choses : à sa mère et à Lucien, pour commencer ; puis à la croûte qui durcissait bien sur son coude ; à son envie d'avoir un animal de compagnie, mammifère ou reptile, il n'arrivait pas à se décider ; au film que son père était en train de tourner à Londres… Puis il observa, en douce mais de près, les rares clients qui allaient et venaient, tout en jetant de temps en temps un œil admiratif sur la parfaite immobilité de sa bicyclette – un peu penchée et résolument ferme sur sa béquille ; il nota combien son ombre légèrement elliptique, à angle droit sur le trottoir, les roues d'ombre touchant les vraies roues de caoutchouc, était à la fois absolument exacte et indéniablement déformée. L'expression « fidèle comme son ombre » lui vint à l'esprit, il se dit qu'elle était bien vraie puis se demanda où allait notre ombre quand le soleil ne brillait pas… Comment une chose peut-elle être fidèle si on ne peut pas la voir ?… Et ses pensées revinrent à sa mère et à Lucien, et il décida qu'il pédalerait le plus lentement possible au retour, avec l'espoir que Lucien serait parti quand il arriverait à la maison et qu'il n'aurait pas à le rencontrer, mystérieusement lavé et parfumé, un sourire permanent aux lèvres, et plein d'une affection étrange et répugnante pour Oliver.

Le vieux peintre était toujours assis, immobile dans son champ, continuant à regarder fixement la côte et la mer. L'après-midi s'était embrumé, le ciel rempli de nuages laiteux était encore d'une luminosité aveuglante, éblouissante. Venant de l'autre direction, Oliver voyait maintenant ce qui se trouvait sur la toile et, en approchant, il fut surpris de s'apercevoir qu'elle paraissait presque noire, pleine de bleus boueux et de gris foncés. Durant une seconde absurde, tandis qu'il jetait un coup d'œil à la mer argentée sur sa vaste toile de fond de nuages lumineux, il se demanda si le peintre n'était pas aveugle. Et puis il se demanda s'il était mort. Les gens pouvaient mourir comme ça, brusquement, assis, simplement se raidir dans une position pareille, oui, oui, il l'avait lu.

« Vous allez bien, monsieur ? » demanda Oliver doucement.

Le peintre se retourna avec lenteur. Il avait un grand visage rectangulaire, des traits d'une impressionnante présence – le nez, les yeux, la bouche mince étroite, les cheveux totalement blancs – et pourtant en aucune manière particuliers ou beaux ; juste un fort visage rectangulaire, se dit Oliver, mais étrangement mémorable.

« Mais bien sûr, jeune homme, répliqua le peintre. Merci beaucoup de vous en inquiéter. »

Oliver avait garé son vélo. Il escalada la barrière et, conscient à présent que le vieillard n'était pas mort mais rendu curieux par cette immobilité impressionnante, il s'approcha du peintre sans que celui-ci bougeât.

« J'ai pensé, commença Oliver, parce que vous ne peigniez pas, que…

– Non. Je me rafraîchissais simplement la mémoire, dit le peintre. J'avais juste besoin de revenir ici, au cas où j'aurais mal vu quelque chose. »

Oliver regarda la toile qui représentait, dans la mesure où il pouvait en juger, un navire échoué sur un rivage la nuit. Il leva la tête vers le ciel délavé, aveuglant, avant de revenir à la mince toile sombre.

« C'est arrivé il y a très longtemps », expliqua le peintre en montrant du doigt son tableau.

Il commença à questionner poliment Oliver.

« Comment t'appelles-tu ?

– Oliver Feverall.

– Quel âge as-tu ?

– Presque douze ans.

– Où habites-tu ?

– Au château Les Pruniers, mais seulement pour l'été.

– Tu parles un très bon français mais tu as un nom anglais », observa le peintre.

Oliver lui raconta que sa mère était française et son père anglais. Sa mère était actrice, elle avait tourné dans une demi-douzaine de films, peut-être la connaissait-il – Fabienne Farde ? Le peintre avoua que non.

« Peut-être avez-vous entendu parler de mon père. C'est un metteur en scène célèbre – Denton Feverall ?

– Je vais rarement au cinéma », dit le peintre en se mettant à ranger ses pinceaux et ses tubes.

Pour autant qu'Oliver sache, il n'avait pas ajouté une ligne de couleur à son tableau boueux, il était simplement sorti pour le contempler pendant deux heures.

Ils revinrent ensemble au portail qui donnait sur la route côtière. Le peintre admira la bicyclette d'Oliver et aussi l'efficacité de sa béquille pliante. Oliver fit une dernière tentative.

« Elle m'a été donnée par un chanteur, un chanteur célèbre, il est à Deauville pour l'été, au Casino – Lucien Navarro.

– Lucien Navarro, Lucien Navarro », répéta le peintre, dressant l'index de sa main droite comme pour demander le silence.

Oliver attendit. Puis, au bout d'un moment :

« Non, je n'ai jamais entendu parler de lui. »

Oliver haussa les épaules, se demandant quelle vie de reclus menait cet homme qui n'avait jamais entendu parler de Fabienne Farde, de Denton Feverall ni de Lucien Navarro.

Ils se serrèrent la main, solennellement, puis le peintre souhaita à Oliver une bonne fin de journée et le remercia encore pour sa sollicitude. Oliver se retourna en repartant sur son vélo et vit le vieil homme prendre la route d'un pas ferme, sa toile et son chevalet sous un bras, ses cheveux argent enflammés par la lumière du soleil couchant.

Lucien avait une nouvelle automobile – une Lancia dont le toit se repliait. Lucien et sa Lancia, pensa Oliver, une note de dégoût colorant ses réflexions tandis qu'il pédalait vers Varengeville avec la lettre de sa mère ; Lucien et sa Lancia…

Lucien n'était pas venu depuis six jours et Oliver avait remarqué que l'humeur de sa mère s'était progressivement dégradée. Un matin, elle n'était pas descendue de sa chambre. Seule la caméristе y avait eu accès, apportant toutes sortes de boissons curieuses. Même le coup discret d'Oliver à la porte dans l'après-midi n'avait produit que la réponse gémissante : « Chéri, Maman a sa migraine », et il ne l'avait pas vue du tout, calcula-t-il, pendant trente-sept heures.

Puis Lucien annonça sa venue, et elle fut aussitôt alerte et agitée, changeant de vêtements, déplaçant les vases de fleurs d'un endroit à l'autre du salon, son parfum plus remarquablement piquant, son affection pour Oliver s'exprimant soudain par de brusques serrements de bras douloureux et des rafales alarmantes de baisers et de caresses. Oliver, impassible, regarda par la fenêtre de la bibliothèque la Lancia bleu nuit de Lucien freiner bruyamment dans la poussière et, pour la première fois, il éprouva un certain soulagement à l'idée d'aller poster une lettre à Varengeville.

Mais dans le village, planté devant la boîte aux lettres jaune pâle, une vague de colère l'envahit quant à son bannissement rituel. Il ouvrit la lettre – toujours adressée à la sœur de sa mère à Paris et, comme il s'y attendait, découvrit trois feuilles de papier parfaitement blanches. Il les plia avec une lenteur délibérée et les jeta dans une poubelle, près d'un feu de circulation. Il pédala au sud de Varengeville, vers le plateau, en direction de Longueuil, n'ayant aucune envie d'un *diabolo menthe**, se demandant comment il allait survivre à ces deux semaines et demie d'août qui restaient, comment il pourrait supporter ce mensonge, ce jeu idiot, chaque fois que Lucien débarquerait. Pourquoi ne disait-elle pas simplement qu'elle voulait être seule ? Il se fichait du temps qu'ils voulaient passer à s'embrasser ou à quoi que ce soit d'autre. Il voulait juste que l'été soit terminé, il voulait retourner dans son école, il voulait que son père finisse de tourner *Les Belles-Filles de Dracula*.

Le peintre marchait au bord de la route avec son habituel et léger fardeau : son chevalet, son pliant et sa mince et longue toile. Oliver freina, s'arrêta et ils se saluèrent ; Oliver remarqua que, bien que la journée fût chaude, le peintre portait une veste de tweed, avec une chemise, une cravate et un curieux gilet tricoté. Les vieilles gens sont sensibles au froid, se rappela Oliver, même par des jours de canicule.

« Où vas-tu ? » s'enquit le peintre.

Oliver désigna d'un geste le terrain plat et brûlant à l'intérieur des terres. Dans le ciel immense, une flotte de gros nuages blancs avançait lentement, poussée par une chaude brise venue du sud. Un épais vol de corbeaux traversa le champ de chaume à côté d'eux.

« Il fait chaud par là-bas, dit le peintre.

– Je ne vais nulle part en particulier, dit Oliver sentant d'étranges larmes lui piquer les yeux.

– Tout va bien ?

– Oui, absolument.

– Viens avec moi à la maison, dit le peintre. Prendre une boisson bien fraîche. »

Le peintre montra à Oliver son atelier : une grande pièce bien rangée avec un tapis persan pendu au mur. Sur un chevalet, un assez grand tableau représentait la forme d'un oiseau bleu sur un ciel gris ardoise. Les tables et le sol étaient couverts de rangées de pinceaux propres étalés sur des palettes, et d'autres entassés dans des pots de faïence. De petites tables contenaient des tubes de peinture à l'huile et on y avait posé des vases de fleurs, la plupart séchées. Oliver fut très impressionné.

« Vous devez avoir des centaines de pinceaux, dit-il. Des milliers.

– Tu pourrais bien avoir raison », dit le peintre, souriant, posant sa petite toile sur un chevalet vide et reculant pour la contempler.

Oliver en fit le tour, jeta aussi un œil sur le tableau de l'oiseau en pensant que lui, Oliver Feverall, aurait pu peindre un plus bel oiseau que ça.

Cette petite toile était un nouveau tableau : ça ressemblait à un champ détrempé sous un ciel d'hiver, trois bandes inégales de brun, de vert et de gris, la peinture épaisse mais bien sèche.

« J'ai de vrais problèmes, dit le peintre. Je ne sais pas quoi faire. J'en ai déjà fait un comme celui-ci, j'y ai mis une charrue, et ça m'a paru bien fonctionner.

– Et si vous y mettiez un homme ?

– Non, je ne veux pas de gens dans ces tableaux.

– Et pourquoi pas des corbeaux ?

– C'est une idée. »

Alors qu'ils sortaient sur la terrasse pour déguster leurs boissons fraîches, Oliver entendit une voix de femme appeler : « Georges ? Tu es rentré ? » Le peintre s'excusa et monta à l'étage. Il revint une minute plus tard.

« C'est ma femme, dit-il. Elle pense qu'elle a attrapé la grippe. »

Ils s'assirent autour d'une table en fer sous un petit auvent en toile qui fournissait un carré d'ombre bien net et sirotèrent leurs verres servis par une femme de charge rondouillarde et souriante. Oliver fut présenté comme « Oliver, mon ami anglais », et on lui serra la main. Le peintre but de l'eau minérale, Oliver un Orangina, et ils restèrent silencieux un moment dans la chaleur impitoyable à contempler les gros nuages compacts qui venaient vers eux depuis le nord. Oliver se dit que le peintre avait un visage triste et nota que les rides qui allaient de son nez aux commissures de ses lèvres étaient particulièrement marquées, dessinant même ainsi à l'ombre de sombres faucilles.

« C'est une bonne idée, ça, dit le peintre. Des corbeaux. » Il se tourna vers Oliver : « C'est quand ton anniversaire ?

– La semaine prochaine. Mercredi.

– Passe par ici. On prendra un autre verre. Je boirai à ta santé. Non, j'insiste. Si tu n'as rien de mieux à faire. »

Oliver le remercia. Le mercredi était en général un jour Lucien – le mercredi et le vendredi.

Ils demeurèrent de nouveau silencieux un moment.

« Savez-vous ce qu'est une histoire d'amour ? s'enquit Oliver.

– Oui, répliqua le peintre. Je le sais certainement.

– Pensez-vous que, si vous êtes marié, vous pouvez avoir une histoire d'amour avec quelqu'un d'autre ?

– Je ne sais pas, dit le peintre.

– Ce n'est pas mal ?

– Ça dépend. » Le peintre but une gorgée de son eau minérale. Il tendit son verre, comme pour contempler le ciel à travers. « Parfois, l'eau est la meilleure boisson au monde, n'est-ce pas ? »

Il raccompagna Oliver jusqu'à la route et le regarda s'accroupir pour ouvrir le cadenas de la chaîne qu'il avait passée à travers la roue arrière en guise d'antivol.

« Crois-tu que quelqu'un pourrait voler ta bicyclette ? demanda le peintre.

– On n'est jamais trop prudent. À Londres, on m'a volé trois vélos.

– Mais ici on est à Varengeville, pas à Londres. En tout cas, c'est une splendide machine, pas vrai, merveilleusement construite.

– Je regrette qu'elle n'ait pas un guidon de course », dit Oliver. Il releva la béquille d'un coup de sa chaussure gauche. « Il vaut mieux que je rentre, ajouta-t-il. Ma mère doit m'attendre.

– À mercredi », dit le peintre.

Le jour de son anniversaire, sa mère donna à Oliver un billet de dix livres tout froissé et lui promit une vraie fête à leur retour à Londres. Oliver déclara qu'il allait voir un ami à Varengeville et fila une bonne demi-heure avant l'arrivée prévue de Lucien.

Alors qu'Oliver approchait, la femme de charge arrosait des géraniums en pots à côté de la porte d'entrée.

« Il n'est pas ici, annonça-t-elle. Ils ont dû repartir hier à Paris. On pense que Madame a une bronchite. »

Oliver fit la moue et remonta ses lunettes sur son nez. Bon sang, se dit-il. Merde. Mains sur les hanches, il regarda autour de lui, se demandant amèrement ce qu'il allait faire du reste de sa journée.

« Il a laissé un cadeau pour vous », dit la femme de charge. Elle disparut à l'intérieur de la maison avant d'en ressortir avec un paquet de papier brun, long et mince. « Il a beaucoup insisté pour qu'on vous le remette. »

Oliver s'assit sur la plage sous la petite falaise et ôta ses chaussures et ses chaussettes. Il consulta sa montre – il lui fallait rester ici au moins deux heures. C'était embêtant que le peintre ait dû aller à Paris.

Oliver se permit un bruyant soupir et jeta un œil distrait autour de lui. Une grosse fille brune en bikini jaune se bronzait à quelques mètres de là, un petit yorkshire-terrier à côté d'elle blotti sous une serviette en tas pour y chercher de l'ombre. Un peu plus loin, un groupe de gamins faisaient cercle autour d'un transistor. Des mouflets creusaient consciencieusement le sable humide à la limite des vaguelettes. Oliver songea à son anniversaire – que pouvait-il faire avec dix livres ?… Peut-être que Papa appellera ce soir. Il me donnera sûrement encore dix livres, peut-être plus… Il calcula mentalement le total de tous les dons en espèces qu'il pourrait recevoir de la part de divers membres de la famille et parvint à une grosse somme fort satisfaisante. Pas un si mauvais anniversaire que ça, après tout, se dit-il, et il déballa le cadeau du peintre.

Il ne fut pas trop surpris de découvrir qu'il s'agissait du tableau des champs détrempés. Et qu'était-il censé en faire ? se demanda-t-il. Ce n'était pas très bien peint. En fait, le peintre lui-même n'en avait pas paru très content. Oliver éprouva un léger accès d'irritation à se voir donner un tableau que le peintre n'avait pas été capable de terminer convenablement. Et qui avait besoin de quelque chose d'autre dedans, pas juste des champs et le ciel. Peut-être, se dit-il, devrait-il peindre sa bicyclette dans un coin, penchée sur sa béquille…

La fille en bikini se retourna soudain et roula sur son petit chien qui lâcha un hurlement angoissé de douleur et de surprise. Non, pensa Oliver, pris d'inspiration : s'il peignait le ciel en bleu, le champ ressemblerait alors à une plage. Et il pourrait à ce moment-là peindre la fille allongée sur le sable dans son bikini jaune à côté de son petit chien. Et le tableau serait enfin terminé – en tout cas il aurait un sujet. Oliver regarda la grosse fille tandis qu'elle s'agitait pour consoler son chien déconfit. Il se surprit à sourire, sentit le rire monter dans sa gorge et couvrit vite sa bouche de sa main au cas où la fille s'en apercevrait.

PROTOBIOGRAPHIE

M’étant toujours classé – très délibérément – comme un écrivain résolument a-biographique, j’ai découvert non sans surprise avoir en fait pas mal raconté une partie de ma vie, à savoir ma petite enfance en Afrique et mon séjour de pensionnaire dans une école écossaise. Peut-être est-ce dû à ce qu’en vieillissant un sentiment inconscient d’urgence nous pousse à enregistrer ces premières expériences avant que l’amnésie intervienne ou que les lunettes de la nostalgie teintent de rose le tableau. C’est là, je le sais, le motif essentiel qui m’a conduit à écrire sur mon pensionnat – pour la première fois dans « La vie au pensionnat », ajoutant un récit des dix ans, ou presque, que j’ai passés dans une école de garçons en guise d’introduction à mes deux scénarios sur le sujet : « Bons et mauvais en sport » et « Les petites Hollandaises ». Je voulais simplement dire la vérité avant d’oublier – mais dépeindre l’institution avec sincérité m’intéressait plus que de dévoiler quoi que ce soit sur moi.

Cependant, les deux récits qui suivent ont indéniablement l’auteur pour vedette. Ne ressentant aucun besoin personnel de raconter ces histoires, je ne les aurais pas écrites sans les encouragements de mes éditeurs. À la réflexion, je leur suis aujourd'hui reconnaissant de m'en avoir donné le lieu et l'occasion.

S'envoler de la maison

York, Hermes, Argonaute, Stratocruiser, Super-Constellation, Britannia, Boeing 707, VC10… Le récit de mes premières rencontres avec l'Angleterre est en soi une petite histoire de l'aviation. Je ne me souviens pas du York, une version transport, je crois, du bombardier Lancaster, mais en 1952 – l'année de ma naissance – ma vie de passager commençait dans un Hermes. Quatre mois après ma venue au monde en mars au Ridge Hospital d'Accra, capitale de la Côte-de-l'Or, on me portait sur la passerelle d'un Hermes afin d'y entamer mon premier voyage entre mon pays natal et celui de mes parents. L'Hermes avait pris la succession du York pour assurer les premiers vols commerciaux entre la Côte-de-l'Or et Londres, par une série de petits sauts à travers la vaste protubérance de l'Afrique occidentale – Accra, Lagos, Kano, Tripoli – avant le survol de la Méditerranée, puis Madrid, Rome ou Francfort et enfin Londres. Le voyage entier durait dix-sept heures.

Je me rappelle très bien en revanche l'Argonaute, une version britannique du DC6, un quadrimoteur à hélices qui ne devait rien à ses précurseurs d'avant-guerre et qui fut le premier à assurer la traversée régulière (si l'on excepte les turbulences véritablement terrifiantes) du

Sahara, et à réduire ainsi de manière substantielle la durée du trajet Afrique occidentale-Londres. On atterrissait à Kano, au nord du Nigeria, pour refaire le plein avant d'entamer la longue étape au-dessus du désert jusqu'à Tripoli. L'aéroport de Kano était tellement infesté de mouches que ses bâtiments étaient tous bardés de moustiquaires métalliques. Des vautours perchaient sur la tour de contrôle. On traversait toujours le Sahara de nuit (peut- être, à l'altitude à laquelle les avions volaient à l'époque, les turbulences solaires le rendaient-elles infranchissable en plein jour ?) et on arrivait à Tripoli à la pointe du jour. C'est pourquoi l'aéroport de Tripoli me paraissait toujours dramatique et plutôt dérangeant : ses hangars avaient été transformés en passoires par les shrapnells de la Seconde Guerre mondiale et, dans la lumière blafarde, on apercevait les carcasses cannibalisées de bombardiers italiens rouillant mystérieusement dans l'herbe blonde étique à la frange des pistes. Au-delà des clôtures paissaient des chameaux... On avait encore un arrêt sur le continent européen avant de survoler la Manche et d'atterrir à l'aéroport de Londres – ainsi qu'on appelait autrefois Heathrow.

Le Stratocruiser représentait le luxe suprême. Avec son double pont, son nez rond et bulbeux vitré, l'avion tentait d'imiter l'élégance des wagons pullman des trains express transcontinentaux. Les sièges étaient rangés par paires se faisant face. Au-dessus de nos têtes, il y avait une petite couchette pour enfants. Sur le pont inférieur se trouvait un mini-bar auquel on accédait par un étroit escalier en colimaçon, que je revois mes parents descendre pour aller boire un cocktail avant le dîner – un rôti de bœuf présenté sur une table roulante en argent, le steward découpant des tranches comme si on était au grill du Savoy et non pas à vingt mille pieds au-dessus des noirs wadis et mers de sable d'un Sahara infini.

Tous ces avions et leurs successeurs – le Britannia, le VC10 et autres – portaient l'uniforme de la BOAC, la British Overseas Airways Corporation, blanc étincelant et bleu marine, marqué du fameux logo (depuis longtemps disparu). À mesure que je grandissais et que je prenais conscience de nos retours annuels en Angleterre pour les vacances, les avions – et par extension la compagnie aérienne – en vinrent à représenter le pays par procuration, comme si un petit bout de l'Angleterre était envoyé aux colonies pour nous ramener dans la mère patrie. Une sorte de métaphore idéalisée, je suppose – les beaux avions modernes et leurs élégants équipages nous attirant à bord avec leurs sourires et leurs plateaux de bonbons acidulés– nous montrant ce que nous avions abandonné, nous rappelant notre chance de pouvoir y retourner.

Ma précoce expérience des transports aériens a instillé en moi une passion des avions, des aéroports et de tous les accessoires de l'aviation qui ne m'a pas encore quitté à ce jour. Comment une telle introduction, à un âge aussi impressionnable, et avec d'aussi magnifiques ambassadeurs, aurait-elle pu ne pas enchanter ? Enfants, notre idée d'une fête était d'être emmenés à l'aéroport d'Accra pour voir l'avion de la BOAC. Une piste, une aire de stationnement mal goudronnée, une tour de contrôle, quelques hangars, des baraquements servant de services d'immigration et de douanes en même temps que de halls de départ et d'arrivée, l'aéroport d'Accra était sans prétention et modeste à l'extrême. De l'autre côté de la route, se trouvait un hôtel, nommé Le Lisbonne pour une raison depuis longtemps oubliée, un bâtiment en bois, sans étage, avec une vaste véranda. Le samedi soir, un orchestre s'y produisait, et les plus audacieux des jeunes couples d'expatriés venaient y danser. Comme tous les hôtels d'aéroport africains, celui-ci entretenait une ambiance un peu louche et piquante. Nous, les enfants, nous emportions nos boissons – nos Fanta et nos Coca– pour aller nous poster contre la palissade en bois et contempler le géant d'argent, hélices immobilisées, garé sur le tarmac. Camions-citernes et générateurs bourdonnaient, des chaînes de chariots à bagages tressautant sortaient du hall de départ, mécanos et balayeurs montaient et descendaient les escaliers mobiles accolés aux portes de l'avion. Puis arrivait l'équipage, suivi des longues files de passagers. Les portes se refermaient, les hélices tournaient, l'avion était libéré de ses diverses annexes et roulait en bout de piste.

Le voir décoller et grimper dans l'air poussiéreux du crépuscule était à la fois exaltant et mélancolique, des émotions peut-être pas très bien comprises à l'époque mais plus facilement analysées aujourd'hui. Dans les années cinquante, et à coup sûr d'un point de vue africain, ces fantastiques avions, et le monde qu'ils évoquaient, étaient pour nous une vision d'un luxe moderne immense. En même temps, comme tous les êtres laissés en arrière, nous éprouvions un sentiment de vide et de déception qui s'attardait alors que nous regagnions la voiture et que nous étions reconduits à la maison, comptant les semaines et les mois jusqu'à ce que vienne notre tour de traverser cette piste cabossée et fissurée vers la machine volante blanche et bleue pour être nous aussi emportés, chouchoutés et nourris par elle à travers le désert vers l'Europe, l'Angleterre, chez nous.

Tandis que l'on montait les marches, presque défaillants d'excitation, la première impression, à part l'hôtesse (personnage d'un exotisme sublime), était olfactive. L'odeur de l'insecticide généreusement pulvérisé à l'intérieur de l'avion avant le décollage était à la fois douceâtre et curieusement suffocante. Une odeur sans réplique dans l'éventail de mes souvenirs – en partie pâte d'amandes, en partie sirop pour la toux, liqueur, bonbon, liniment… Impossible de l'identifier : nos insecticides à la maison ne sentaient absolument pas pareil. Mais quelle qu'elle fût, quelle que fût la marque, ou l'effet du produit chimique sur des tissus artificiels dans un espace confiné, la version BOAC était puissante et palpable. C'était toujours pour moi en tout cas la première odeur de l'Angleterre. Une sorte de Rubicon ; au moment où vous franchissiez le seuil et où on vous dirigeait au bout de l'allée, vos poumons s'emplissaient de cette curieuse puanteur. On s'y habituait vite mais elle signalait le vrai début de votre voyage de retour au pays.

Et pourtant, mon véritable chez moi se trouvait en Afrique occidentale, en Côte-de-l'Or – devenu le Ghana en 1957. Jusqu'à l'âge de dix ans, je ne passais que l'été en Angleterre, presque toujours en Écosse. Mais le foyer familial se situait au Ghana, avec ma chambre, mes affaires, mon école, mes amis. L'Écosse était l'endroit où vivait notre parentèle, où nous louions une maison et où mon père et ma mère retrouvaient leurs familles. Nous y étions constamment en transit, bienvenus mais toujours « simplement en visite ». Ma vraie vie, elle, était au bout d'un autre voyage en avion dans la direction opposée. Et la brièveté relative du congé annuel ne nous permettait jamais de nous intégrer complètement, de prendre les choses comme allant de soi, d'être *au fait* des dernières modes et tendances. De petits détails me remettent en mémoire ce sentiment d'isolement. Je me sentais mal à l'aise en passant devant les terrains de jeux d'une école, et je les contemplais toujours avidement. Pourquoi ce garçon-là (moi) n'était-il pas en classe ? (On sentait la question non exprimée.) Comment mes contemporains à la curiosité maussade auraient-ils su que les vacances scolaires africaines ne coïncidaient pas avec les vacances anglaises ? Si je n'avais pas fait un détour, je traversais la rue, tête baissée. Je ne me sentais jamais à l'aise avec des enfants de mon âge, en groupe. Je me rappelle mon père aussi, un homme de grande importance sur le campus de l'université, où il dirigeait un hôpital et des dispensaires, avec la responsabilité de la santé de vingt mille personnes, maniant maladroitement, tel un nouvel immigrant, une monnaie inhabituelle au moment d'acheter un journal à Édimbourg. On sentait monter l'impatience du marchand tandis que mon père choisissait et poussait en hésitant une poignée de pièces. Mes vêtements aussi me gênaient un peu. Les shorts, les sandales et les chemises taillées dans du tissu teint localement – et qui au Ghana étaient parfaitement ordinaires – paraissaient excentriques, pour ne pas dire bizarres, dans un St. Andrews venteux ou dans la rue principale de Peebles. Je ne possédais aucun pantalon long, et combien ai-je rêvé de ma première paire de jeans – finalement acquise à l'âge de neuf ans dans un grand magasin de Birmingham avec une tante – pour qu'enfin, les genoux couverts, je puisse ne pas me distinguer dans la foule. Inutile de dire que je n'ai jamais éprouvé ce genre de sentiment en Afrique où je me baladais dans la campagne, traversais à bicyclette les rues et les boulevards de l'énorme campus, connaissant les lieux si parfaitement, si intimement, que jamais, où que j'aie vécu par la suite, je n'ai pu retrouver une telle familiarité. Je savais les sentiers à travers la brousse, les raccourcis par le quartier des domestiques. Je savais où poussaient les plus grosses mangues, le meilleur endroit pour attraper les pythons, quels chiens errants éviter, comment manger le *fu-fu*, qui était en mesure de vous vendre un paquet de chewing-gum, quelles étaient les règles et les pénalités d'un jeu compliqué consistant à faire tourner des coquilles d'escargot vides… Jusqu'à l'âge de dix ans, ma vie en Afrique fut une idylle modeste mais véritable et ses éléments de base seront reconnaissables par quiconque a grandi sous les tropiques – l'enfant, l'enfant blanc, jouissait encore d'une sorte de tolérant *laissez-passer* * dénié à l'adulte. On ne nous remarquait pas, ou peu, ce qui, quand la liberté d'aller et venir est tout ce que l'on demande, représente la meilleure et la plus sincère forme de bienvenue.

Et puis arrivait juin : la saison des pluies menaçait et il était temps de partir en vacances. BOAC envoyait un de ses avions nous chercher, et le processus étrange et excitant qui menait à notre atterrissage en Angleterre commençait. Coucher de soleil à Kano, survol nocturne, style montagnes russes, du Sahara, l'aube à Tripoli, le matin à Madrid ou Rome – et enfin, à travers les nuages légers, le patchwork vert des champs anglais et l'occasionnel reflet d'un rayon de soleil sur un pare-brise, l'aéroport de Londres. D'autres bâtisses en bois. Linoléum et Formica. Policiers de haute taille en uniforme bleu. Visages pâles, terreux. Accents étranges… Et quelque part, profond en moi, ce creux intime de peur et d'insécurité que tous les étrangers (quelle que soit leur légitimité) portent en eux. J'avais un passeport britannique, alors pourquoi ce malaise ?

Tout changea quand on m'expédia en pension en Écosse, le sort de tout enfant expatrié, aussi inévitable que la puberté. Ma routine fit la culbute et se retrouva complètement renversée : à présent je volais vers l'Afrique pour les vacances. Ma famille, ma maison, mes affaires, mes amis étaient toujours là où ils avaient été, désormais je ne les voyais que deux mois par an. Et en Angleterre, je commençais à comprendre où j'étais : je commençais à être assimilé ; j'avais commencé à m'intégrer.

J'avais à peine quatre mois quand je fis ce premier voyage à bord d'un Hermes entre l'Afrique et l'Angleterre en 1952. Mes parents m'emmenaient en Écosse pour me présenter à mes grand-mères et au reste de la famille. Pour une raison quelconque, mon père rentra plus tôt, et ma mère et moi le rejoignîmes quelques semaines plus tard à la fin des vacances. Par un hasard curieux, alors que nous attendions dans l'aérogare de Londres l'appel de notre vol, un photographe de l'*Evening Standard* parcourait la salle de départ à la recherche d'un sujet amusant, je suppose, un cliché d'intérêt humain pour remplir un coin de page, et photographiait des bébés dans les bras de leurs mères, sur le point d'embarquer pour un long voyage aérien, un événement encore rare à cette époque, sans aucun doute. Ma mère a gardé la coupure. Sur la photo, un marmot maussade et larmoyant est assis sur les genoux d'une femme. En face, me voilà, six mois, pétillant d'énergie, chauve et joufflu comme un Bouddha, un énorme sourire, le bras de ma mère serré autour de mon ventre pour tenter d'arrêter mes battements et tortillements. « Pourquoi master William Andrew Murray Boyd est-il si joyeux ? » demande la légende. Je ne pouvais pas répondre, alors, mais je le peux maintenant : je rentrais chez moi en avion.

Les chagrins du lion

Je suis allé en pension à l'âge de neuf ans. Rien d'extraordinaire à cela : à mon arrivée à l'école en septembre 1961, je trouvai des garçons de six et sept ans. On disait d'un gamin exceptionnellement petit – peau brune et cheveux de jais raides (était-il chinois ?) – qu'il avait cinq ans.

Je n'étais pas malheureux d'aller en pension. En Afrique occidentale, où vivaient mes parents, tous les enfants d'Européens expatriés faisaient de même à mon âge. C'était parfaitement normal, et des années durant nous étions préparés (une forme d'aimable lavage de cerveau, je suppose) pour le jour où l'on aurait à se débrouiller seul. Ni mon père ni ma mère n'avait fréquenté de lycée privé ou de pension et tous deux ignoraient où et comment m'insérer dans le système. En fin de compte, ils décidèrent de m'envoyer dans la même école que le fils d'amis intimes. Ils en avaient entendu de bons échos ; elle n'était pas affreusement coûteuse ; j'avais paru aimer l'endroit quand j'avais été interrogé lors d'un précédent séjour d'été et, comme j'étais écossais, c'était un avantage que l'école se situât en Écosse, quoique dans le Nord lointain. Ce caractère nordique avait valu à l'établissement une réputation – pas entièrement méritée – d'éducation spartiate, sans fioritures : sa manifestation la plus probante étant une passion avouée pour les douches froides et les joggings à l'aube, le port bizarre et constant par les élèves de shorts tout au long de leur carrière scolaire, quels que soient la saison et le temps, jusqu'à leur départ à l'âge de dix-huit ans.

La grande école était alimentée par deux écoles préparatoires : une petite section pour les garçons jusqu'à l'âge de dix ans et une grande section pour ceux de dix à treize ans qui, s'ils réussissaient un examen pas très exigeant, étaient ensuite absorbés par l'institution principale. C'est dans la petite section que me conduisit ma mère un après-midi de septembre depuis Édimbourg, pour trouver le terrain devant l'école occupé par quarante ou cinquante petits garçons, vêtus de shorts et de chandails bleu marine, en train de courir, de taper dans des ballons, de se bagarrer et d'une manière générale de chahuter. Ça paraissait amusant et je ne prêtai aucune attention aux yeux remplis de larmes de ma mère quand elle me quitta. Elle me raconta plus tard qu'elle avait dû s'arrêter après avoir franchi les grilles, et que, s'étant garée sur le bas-côté de la route, elle avait pleuré pendant une heure.

La petite section était logée dans un ancien pavillon de chasse appelé Wester Elchies (hélas à présent démoli), une bâtisse seigneuriale écossaise à l'aspect magique avec tourelles et créneaux, se dressant sur un domaine de bonne taille doté de sa propre ferme. De vastes bois, un observatoire sans télescope et un étang de curling. De l'autre côté de la colline se trouvait un orphelinat (nous étions terrifiés par les orphelins – de sinistres voyous à nos yeux d'hyper-privilégiés) et pas très loin, dans la vallée en dessous, coulait la Spey où notre directeur, un légendaire pêcheur à la mouche, taquinait le saumon.

Je fus présenté à mon « gardien », un grand garçon blond plutôt séduisant du nom de Holland. Holland était riche (son père possédait une Rolls-Royce) et son frère aîné jouait dans un groupe pop. Un coup de chance pour moi car, sous le patronage de Holland, je fus introduit dans sa « bande » et presque aussitôt accepté dans le monde tribal, relativement innocent, d'une *prep school*.

À ce stade de notre vie scolaire, nous n'étions pas particulièrement cruels les uns envers les autres ; la cruauté (parfois d'une perversité exceptionnelle) vint plus tard, après la puberté, à la grande école. Pour les préadolescents, il me semble qu'il n'y ait pas d'autre exigence pour le succès en *prep school* que la popularité. Les exploits scolaires et sportifs à cet âge sont si éphémères qu'ils rapportent peu de points et, à Wester Elchies, les seuls garçons malheureux dont je me souvienne sont ceux qui n'étaient pas populaires. Ils n'étaient pas populaires parce qu'ils avaient un air bizarre : Webster ressemblait à une marionnette ou à un personnage de bande dessinée – avec des cheveux épais et drus couleur carotte et de grosses lunettes sombres. Sedley avait des yeux noirs cernés et une peau grasse d'un brun grisâtre inhabituel. Il était l'objet d'une persécution joyeuse et constante parce qu'il pleurait à la moindre provocation. Il suffisait que trois ou quatre d'entre nous l'entourent, imitant avec nos mains des canards faisant coin-coin tout en chantonnant « Bisque, bisque, rage ! » et Sedley piquait obligeamment une crise de larmes incohérente et hystérique. Nous trouvions le jeu très amusant et ne nous en fatiguions jamais. C'était gratuit mais pas malveillant. Je ne crois pas que la vie à l'école telle que je l'ai connue ait jamais été méchante. Le régime était bon enfant, dans l'ensemble, le personnel gentil et tolérant. Le sexe et le pouvoir, les deux éléments vraiment corrupteurs de la vie de pensionnat, au point de rendre les individus démoniaques, nous attendaient au tournant, plus tard.

La vie dans une pension de jeunes garçons, quoique irréelle (comme doivent l'être par définition toutes les sociétés monosexuelles), était encore une extension de l'enfance et, par conséquent, nos ambitions et nos déceptions, nos désirs et nos haines gardaient une certaine innocence. L'essentiel de notre énergie sexuelle, par exemple, se dépensait à essayer de surprendre nues les membres féminins du personnel ou, à défaut, de découvrir un moyen quelconque de jeter un œil dans les noires profondeurs de leurs jupes. Moi et beaucoup d'autres, nous avons nourri des passions simultanées pour Miss Grey, le professeur de dessin, et Miss Cibber, le professeur de musique. Miss Grey était grande et langoureuse avec des cheveux noirs brillants enroulés autour de sa tête en une sorte de chignon souple à la Bloomsbury. Ses vêtements avaient un aspect riche, teinté de romantisme. Miss Cibber aussi était brune, presque basanée, avec un corps plus robuste et pulpeux. Durant un trimestre, elle chassa Miss Grey de mon imagination car on m'avait mis dans un dortoir voisin d'une des salles de bains qu'elle utilisait. Une fissure de trois centimètres entre le bas de la porte et le sol permettait, si on collait la tête sur le froid linoléum du corridor, d'avoir une vue partielle de la salle de bains. Les jambes de Miss Cibber, de la cuisse au pied, devinrent très familières. On priait sans cesse qu'elle laissât tomber une serviette ou sa brosse à dents ce qui l'obligerait à se pencher. Elle s'exclut elle-même de toutes nos affections quand elle fut surprise en train d'embrasser passionnément le professeur d'anglais – pour nous un type ennuyeux, faiblard – nommé Hearn.

Nous n'aimions pas Hearn et par conséquent nous ne pouvions pas aimer quiconque l'aimait. Notre affection était extrêmement volage. Je laissai tomber Miss Cibber et reportai de nouveau ma dévotion sur Miss Grey.

Ah, Miss Grey, Miss Catriona Grey ! Qu'il est étrange le degré de passion qu'un béguin pré-pubertaire peut atteindre. Elle était très jeune, dans les vingt-vingt-cinq ans, je suppose et, en me remémorant son visage, je me rends compte qu'elle devait être très jolie. J'étais bon en dessin, la voyais beaucoup et devins une sorte de favori. Parce que j'étais proche d'elle, c'est à Miss Grey que j'associe mes premiers élans adultes de jalousie – un sentiment pur, primitif, généré par l'amertume. La beauté de Miss Grey n'était pas seulement apparente à ses acolytes de la salle de dessin : le directeur, Mr Vaughan, y était tout aussi sensible.

Mr Vaughan m'impressionnait : il fut la première personne que je reconnus – inconsciemment – comme « sophistiquée ». Il conduisait une MG décapotable avec des lanières de cuir autour du capot. Il portait des chaussures en daim, il fumait beaucoup – des Players Navy Cut – et il avait la voix profonde, rauque du fumeur. Je me rappelle très vivement son appartement dans l'école. Une moquette bleu nuit, des housses de lin crème sur les canapés, des tableaux de qualité aux murs. Il était, je m'en rends compte aujourd'hui, naturellement raffiné, un célibataire endurci, un personnage à l'image de John Buchan ou de Sapper, qui s'était engagé dans l'enseignement avant la guerre comme les jeunes gens ayant un diplôme pas très brillant (pensez à Waugh et à Auden) et avait été trop flemmard ou avait trouvé la vie trop belle pour changer. Il avait des cheveux blancs – la bonne cinquantaine – et devenir le directeur d'une petite école préparatoire du Banffshire devait représenter le pinacle de sa vie professionnelle. Mais il paraissait parfaitement satisfait et il invitait régulièrement Miss Grey (grande fumeuse aussi) à fumer une cigarette en sa compagnie à la fin du déjeuner.

Je revois fort bien le tableau à présent, et la brume bilieuse de jalousie à travers laquelle je l'observais tandis que nous nous dirigions vers nos dortoirs pour l'obligatoire repos postprandial. Mr Vaughan repoussait sa chaise de façon à pouvoir croiser les jambes en laissant pendre une chaussure de daim marron. Il fumait avec un petit geste, sa main décrivant un arc généreux, un mouvement souple du poignet, tandis qu'il portait la cigarette à ses lèvres. Inhalant avidement, riant, se penchant pour glisser, d'une voix rauque et enfumée, quelques mots en confidence à Miss Grey dont, avec le recul du temps, l'attitude me dit qu'elle n'était pas entièrement à son aise avec les sous-entendus libertins de Mr Vaughan. Miss Grey très droite et très raide, un bras passé sous ses seins, une paume supportant le coude de la main tenant la cigarette, cigarette fumée avec plus de retenue et de délicatesse – une fumeuse mondaine sans la soif de nicotine de Mr Vaughan. J'entends encore les aboiements rieurs de Mr Vaughan traverser le réfectoire que nous quittions en troupe, dégénérant en une toux à déchirer les poumons. Je me retourne, la haine au cœur et l'envie de le tuer, pour voir Miss Grey se pencher et lui tendre un verre d'eau consolateur.

Quel sorte de gamin étais-je alors ? Les souvenirs sont clairs et précis mais rétrospectivement je suis incapable d'évoquer de la timidité. À dix, onze, douze ans, le monde est un endroit plus simple, bien moins compliqué. C'est l'adolescence, avec son grouillement hormonal naissant, qui fait prendre conscience de véritables indices de caractère et de personnalité. Je regarde les photos du gamin blond que j'étais sans trouver un réel accès au personnage. Le garçon de quinze ans par exemple, insouciant et d'humeur changeante – à la fois précoce et profondément paresseux –, m'est bien plus familier. Et pourtant les lieux et les gens, les événements et les aventures de ma préadolescence rôdent vifs et clairs dans ma réserve de souvenirs.

Populaire en partie grâce à Holland et ses copains, grand et courant vite – je ne laissais donc pas tomber mon équipe au rugby ni au cricket –, je me rends compte cependant que je n'ai jamais atteint le premier rang car je n'avais pas de surnom. Les vraies stars s'appelaient Ducky ou Fitzy ou tout bonnement Johnnie. À un moment donné, durant environ une semaine, quelques garçons me baptisèrent d'un Boydus latiniste, mais le sobriquet ne prit pas et mourut bientôt sans jamais ressusciter. D'où venait que ces garçons fussent autant aimés, quel était le secret de leur charme, si évident que même le personnel les appelait par leurs surnoms ? La réponse, je crois, c'est qu'ils étaient d'une implacable bonne humeur. En grandissant, ils semblèrent s'effacer presque à vue d'œil, sans exception, la puberté les privant de leurs attitudes infailliblement radieuses. Mais d'une certaine manière, à l'âge de dix ou onze ans, une personnalité initiale s'était développée, suffisante pour en faire les vedettes du moment, et par conséquent les favoris de tout un chacun. Ces garçons, j'en suis sûr, étaient aimés, admirés et chéris par nous tous sans la moindre jalousie. Quand, je me souviens, la mère de Johnnie mourut brusquement, le sentiment de chagrin collectif dans Elchies fut presque palpable ; sa disparition nous affecta tous d'une manière dont la profondeur ne peut s'expliquer que par le rôle que Johnnie jouait parmi nous. Son chagrin fut tout naturellement le nôtre.

En fait, à l'intérieur de la petite communauté de la *prep school* règne une sorte de favoritisme rampant, un peu, j'imagine, comme à l'intérieur d'une famille nombreuse, sans que les exclus expriment aucun ressentiment. Un moment je fus le bénéficiaire d'un tel avancement quand – après avoir souffert d'une méchante varicelle – je devins le chouchou de l'infirmière – Mrs Herrick, une femme au teint pâle mais vive et très carrée, mariée au professeur de latin (que nous appelions Shirley, je ne sais plus pourquoi). Mrs Herrick n'était pas la plus puissante des protectrices parmi le personnel mais sa bienveillance avait des avantages.

Chaque matin, nous avions – part de notre héritage écossais– du porridge au petit déjeuner. L'école se rassemblait dans la salle de réunion avant de se rendre en rangs au réfectoire (une annexe en préfabriqué, plaquée à l'arrière de la maison). Mr Vaughan récitait une prière, lisait les avis du jour, puis MrsHerrick arrivait pour choisir le dispensateur de sucre. Ceci était une des attributions les plus convoitées dans l'école (notre ration de sucreries se réduisait à un caramel par jour). Le travail du dispensateur de sucre consistait à mettre une cuillère à dessert de cassonade au centre de chaque bol de porridge. Le bénéfice majeur du job était de permettre à l'impétrant de sucrer son propre porridge avec une générosité sans bornes. Et, bien entendu, les copains du dispensateur en profitaient aussi. Durant mon règne d'élu, Mrs Herrick arrivait dans la salle d'assemblée chaque matin, parcourait du regard les visages implorants des gamins, puis, feignant une illumination soudaine, me choisissait. Ceci dura plusieurs semaines et personne ne sembla jamais exprimer la moindre surprise ni se plaindre de cette injustice manifeste. Outre une certaine autosatisfaction, j'acquis ainsi un goût pour les sucreries que je n'ai jamais vraiment réussi à neutraliser depuis.

Passer de mon école en Afrique à la *prep school* représenta le premier de plusieurs pas qui peu à peu devaient faire de l'enfant « africain » que j'étais un petit Anglais. C'est au cours de l'hiver 1961 que je vis de la neige pour la première fois. Autant que je m'en souvienne, il y en avait eu une grosse chute durant la nuit, quinze centimètres, et nous nous réveillâmes devant ce paysage resplendissant, assourdi, inquiétant, que crée une couche épaisse de neige. Pour deux d'entre nous – moi et un autre garçon né et élevé en Jamaïque – c'était une première surréaliste. Étonnés, stupéfaits, nous sortîmes et ramassâmes un peu de cette chose, la goûtâmes, la sentîmes glacer nos doigts, l'entendîmes crisser sous nos pas. Les autres élèves et le personnel, amusés, nous regardaient depuis les grandes fenêtres de la bibliothèque – deux Aborigènes hors de leur élément – tandis que nous nous efforcions de nous familiariser avec ce nouveau phénomène naturel dont nous avions tant entendu parler sans jamais l'expérimenter – tapant des pieds, jetant des poignées en l'air – avant qu'on ne nous rappelle gentiment à l'intérieur pour le petit déjeuner.

Bon nombre d'entre nous habitaient à l'étranger et, aux vacances, nous refaisions le long voyage en direction de l'Inde, de l'Afrique occidentale ou orientale, de Singapour, des Caraïbes, vers un monde chaud et humide de palmiers, de plages sur l'Océan. Au retour, nous arborions fièrement notre originalité dans la salle de douches, nos bronzages intenses contrastant fortement avec les corps rose pâle des garçons de notre âge, nous fichant pas mal d'être baptisés les « métèques ». Cette sorte de racisme joyeux était très répandu mais, comme bien des aspects moins admirables de la vie en pension, nos préjugés et nos sectarismes avaient tendance à devenir plus extrêmes à mesure que nous grandissions. Toute déviance de nos normes préétablies – accents, difformités, laideur remarquée – était impitoyablement mise au pilori, toute chose étrange ou sortant de l'ordinaire apportait de l'eau au moulin de l'intolérance.

Cependant, dans la petite section, nos énergies et animosités se concentraient sur les forts que nous construisions dans les bois. C'était là une forme de création de groupe, un gang mâtiné de jeux guerriers, une sorte de territorialité militariste et obsessive qui dominait nos loisirs. Qui en était, qui n'en était pas, quels changements d'allégeance, et ainsi de suite. Dans les bois épais autour de la maison, on construisait des abris, des appentis, et des cabanes dans les arbres, on édifiait des ouvrages en terre avec pièges et traquenards. Appartenir aux forts les plus beaux était vivement recherché. Certains forts importants datant d'un passé récent avaient pris des proportions quasi légendaires. En particulier un fortin du nom de Laramie – mais Laramie était tombé en ruine et tout ce qu'il en restait se résumait à un enchevêtrement de grosses bûches encordées dans une clairière. Les anciens amenaient les nouveaux venus sur le site pour en évoquer les splendeurs mythiques.

On était élu dans un fort soit par protection (Holland m'aida à entrer dans le sien), soit par la possession d'outils. De cette manière, des garçons faibles ou impopulaires pouvaient se faire admettre parmi les élites en offrant l'usage d'un marteau ou d'une perceuse ou, dans le cas d'un élève très entreprenant, en se faisant envoyer chaque semaine par son père des paquets de clous de quinze centimètres. Le clou de quinze centimètres était la principale monnaie d'échange. On pouvait acheter n'importe quoi avec.

Passer dans la grande section, à quelques kilomètres sur l'autre rive de la Spey, marquait la fin des plaisirs paradisiaques des Wester Elchies. La nouvelle bâtisse était plus vaste et plus imposante, avec un grand portique à colonnes, des étables et de belles terrasses descendant vers les terrains de jeux. Elle représentait aussi une société plus vaste à l'intérieur de laquelle naissaient très vite des stratégies de pouvoir et de responsabilité, une évolution qui entraînait une perte d'innocence correspondante. Des gamins de treize ans en plein début d'adolescence : voix qui mue, acné qui fleurit, premiers remuements pubertaires de désir. L'égalitarisme sans problèmes de la petite section refluait, le sentiment de faire partie d'une grande famille indisciplinée mais essentiellement aimante était remplacé par les divisions communes à toutes les sociétés en vase clos. Il y avait la face publique de l'école – sportive, scolaire, disciplinée – et il y avait l'inévitable face privée, celle que créaient et formaient les élèves et qui était comme un courant froid, invisible, dangereux sous la surface tranquille.

Pourtant, la reconnaissance tacite de la coexistence de ces deux mondes – l'un ouvert, l'autre caché – n'est jamais vraiment établie. Le monde réel (le monde des élèves, la société-serre) ne s'impose jamais vraiment tout à fait parce que restent en place de vieux éléments de cette innocence intacte de l'enfance – nous étions encore des enfants après tout, même si, à la fin de nos carrières en *prep school*, on pouvait sentir en chacun de nous l'embryon de l'adulte prendre forme.

J'entamai une curieuse relation avec l'une des infirmières. Je ne peux pas me rappeler son nom mais elle était jolie, énergique et un peu ronde, avec des cheveux blond-roux et une attitude gentiment cynique, plaisamment moqueuse à l'égard de ses ouailles. Je revois son visage, je la revois dans sa blouse blanche servant des cuillerées de malt aux nécessiteux et aux mal-nourris, distribuant des aspirines pour des maux de tête imaginaires. Dans notre préadolescence, les membres féminins du personnel jouaient un rôle beaucoup plus important que les hommes. Je peux me remémorer instantanément toutes ces jeunes femmes, tant elles sont fixées bien plus vivement dans mon souvenir que tous les hommes, à part quelques-uns. Comme si inconsciemment nous avions compris que c'était là la seule source possible d'une affection vaguement maternelle – un sourire, une tape sur le dos, une épaule sur laquelle pleurer, littéralement – dont nous tous, y compris les esprits les plus ouvertement indépendants, séparés de nos vraies mères trois mois de suite, avions de temps à autre un besoin fou.

Ce qui s'est passé, je le suppose en y repensant, c'est que cette infirmière et moi sommes devenus amis, une situation étrange entre un garçon de treize ans et une jeune femme de plus de vingt ans, étant donné surtout les rôles institutionnels qui nous étaient imposés. Peut-être, tout simplement, était-elle très seule. Il existe un autre côté de la vie de pension que les élèves ne considèrent que rarement, voire jamais, celui de l'enseignant solitaire dans son meublé, guère plus qu'une chambrette, attendant que le temps passe. Que faisiez-vous si vous n'étiez pas marié ? Une visite de temps à autre au pub ou au restaurant du coin (encore que le petit personnel devait être payé une misère) ; ou bien, optimiste, vous pouviez tenter de trouver l'âme sœur parmi vos collègues… Et la vie sociale de la salle des professeurs n'est pas nécessairement sympathique, peuplée comme toutes les salles des professeurs par son lot d'emmerdeurs et de petits chefs, de médiocres et de nullités. Cette infirmière, cependant, paraissait plus vivante, plus ouverte aux plaisirs de ce monde, et, inévitablement, elle ne resta pas longtemps avec nous, pas plus d'un trimestre ou deux. Je n'ai jamais songé à quoi que ce soit de particulier à propos de son départ annoncé : elle était très populaire parmi les garçons et nous étions tous désolés de la voir partir mais, chose très inhabituelle, la veille, tard dans la soirée, elle vint dans mon dortoir me dire au revoir. Elle s'assit sur mon lit et me parla durant une heure ou deux. Les autres garçons s'endormirent ou tentèrent de prêter l'oreille mais elle était assise tout près de moi et nous discutions à voix basse. De quoi discutions-nous ? Je ne peux pas m'en rappeler exactement – du lieu où elle irait, je pense. Je me souviens de quelque chose à propos d'examens qu'elle devait passer, de qualifications supérieures pour un meilleur job. M'embrassa-t-elle en partant, me pressa-t-elle la main ? Je l'espère. Je ne l'ai jamais revue ni n'ai eu de ses nouvelles.

Autrement, les relations entre le personnel et les enfants étaient en gros cordiales et sans histoires. Avec une seule exception. Il y avait un jeune enseignant, populaire chez les élèves, qui se distinguait à nos yeux en faisant preuve d'un goût vestimentaire très personnel – manteau de cuir usé, cravates tricotées, bottines – et qui, supposions-nous, disposait d'une source de revenus autre que son salaire de professeur. Il possédait une voiture genre sport, voyageait à l'étranger l'été et avait, dans l'ensemble, une allure raffinée et pleine d'assurance qui nous plaisait. Puis un soir, dans mon dortoir, un des plus jeunes garçons revint en larmes d'une retenue (les délinquants allaient copier des lignes dans une salle de classe). Interrogé par le chef du dortoir, il confessa que cet enseignant l'avait « tripoté ». Les garçons faisaient leur retenue en pyjamas et robe de chambre : quand cet élève avait remis ses lignes au maître en question – qui surveillait les « collés » –, l'homme avait glissé la main dans la braguette du pyjama du gamin. Les plus vieux d'entre nous – je devais avoir treize ans – se concertèrent. Nous rapportâmes l'affaire au délégué des élèves qui décida qu'il devait en parler au directeur. Nous le regardâmes descendre et aller frapper à la porte du bureau directorial. Au matin, le jeune professeur était parti, sans laisser de trace. Une annonce brève et neutre signala son départ soudain : il avait été rappelé par « une crise familiale » et on n'en parla plus jamais.

Nous fûmes moins choqués, je m'en souviens, par l'attentat à la pudeur que par ce manquement aux conventions ; ce n'était pas tant l'acte lui-même que l'effondrement de principes généraux qu'il dénotait – principes de décorum et de relations enseignants-élèves plutôt que quoi que ce soit de plus hautement moral –, cette sorte de comportement n'était vraiment pas acceptable. Nous étions pompeusement satisfaits que le jeune prof eût été viré et l'affaire s'arrêta là.

À la fin de mes années de *prep school*, le sexe était définitivement présent. Je me rappelle une très jeune aide-infirmière – pas plus de dix-sept ou dix-huit ans – qui supervisait nos ablutions dans la salle de douches, inspectant les ongles de garçons de treize ans mûrs, nus et poilus et, tandis que j'attendais mon tour, je me surpris à me demander si elle ne trouvait pas un peu embarrassant d'être plantée là, habillée, devant un étalage de cinquante sortes de queues et de paires de couilles de tailles diverses et variées. Et je crois que oui. Sexuellement, nous étions d'une curiosité insatiable : on enviait les prouesses masturbatoires des garçons plus avancés ; la nuit, dans les dortoirs, à la lueur d'une torche électrique, se tenait parfois une excitante séance de striptease, et quelques types plus audacieux se glissaient dans les lits les uns des autres pour des stimulations réciproques. Mais, peu nombreux, ils étaient plus considérés comme de légers excentriques que comme des parias.

Tandis qu'approchait le moment de notre transit à la grande section, une certaine tension se faisait manifestement sentir chez ceux sur le point de franchir le pas, mal à l'aise à l'idée d'échanger une petite mare pour une beaucoup plus grande, dans laquelle nous serions du très menu fretin. Un rite de passage avait lieu dans la dernière semaine de notre trimestre final qui marquait de manière symbolique l'imminent changement de notre statut. Il était connu sous le nom de PD et consistait en une solennelle discussion avec le directeur au sujet des réalités de la vie.

Les initiales faisaient allusion aux Pandrops, un nom particulier à l'Écosse, je crois, et donné à une marque de grosses pastilles de menthe blanches. Pastilles dont le directeur gavait l'élève durant son discours vaguement embarrassé, et ceci dans l'étrange croyance que la menthe poivrée préviendrait toute érection inconvenante. Quand avait-il conçu pareille foi dans les propriétés anti-aphrodisiaques de la menthe poivrée, je n'en sais rien, mais, en tout cas, on se retrouvait là, suçant dûment une série de pastilles, tandis qu'il nous énumérait les habituels mécanismes de la procréation. Avant de s'enquérir péremptoirement en bout de course : « Avez-vous des questions ? » C'était le moment que nous avions attendu, un accord tacite contraignant le directeur à répondre à tout – tout – ce que nous voulions savoir. En conséquence, en prévision, on pillait textes médicaux, dictionnaires et romans à la recherche d'ésotérisme sexuel. « Sir, quels sont les symptômes de la syphilis tertiaire ? » « Comment fait-on le soixante-neuf, sir ? » Le but étant de prolonger la séance PD le plus longtemps possible, un fait qui, plutôt que de démontrer l'étendue atterrante de notre ignorance, était au contraire censé donner l'impression d'une virilité percutante. Il existait un record de la plus longue PD – un impressionnant interrogatoire qui avait duré la majeure partie d'un après-midi avant d'être abandonné puis repris le lendemain après le déjeuner – mais personne de ma classe ne tint le coup plus d'une heure.

Ainsi, après quatre ans, je quittai l'univers de la *prep school* et tout changea. Pourtant mes souvenirs de cette époque semblent ancrés dans ma première année à Wester Elchies, peut-être parce que, venant d'Afrique, tout était si étrange et nouveau, et que son impact laissa inévitablement des traces plus profondes. Les souvenirs de mon premier été là-bas sont particulièrement vifs car alors je m'étais intégré, j'avais exploré mon univers et m'y trouvais bien. Et je suppose que j'étais heureux. Vivre dans ce lointain et très beau domaine écossais, malgré son côté étrange, était en quelque sorte idyllique. Les nuits d'été, après le dîner, nous nous réunissions autour des professeurs assis sur les pelouses du court de tennis, sous le cèdre (ou était-ce un bouleau, ou bien viens-je de le planter ?), les harcelant, bavardant et jouant, avant que la cloche sonne et nous appelle à l'intérieur pour les prières puis le coucher. Une toilette et un brossage des dents debout sur le caillebotis en bois dans la salle d'eau, puis au dortoir frais en haut sous les auvents de la maison. Extinction des feux à vingt heures, non que cela fasse beaucoup de différence, les minces rideaux tirés en vain contre les cieux nordiques. En réalité, je n'ai pas pu passer plus de quelques dizaines de soirées d'été à Elchies mais c'est cette atmosphère particulière de limpidité – le soleil s'obstinant à occuper le ciel et les longues ombres commençant juste à disparaître avec la chaleur – que ma mémoire associe surtout avec ce lieu et cette époque de ma vie. L'ambiance ne cesse d'être évoquée par l'obsédant poème d'Auden, « Nuit d'été », écrit, coïncidence, alors qu'il enseignait lui-même dans une *prep school* écossaise :

Et que plus tard, bien que séparés
Nous puissions nous rappeler ces soirées
Quand la peur cessait de monter la garde,
Alors, bondissant de l'ombre, les chagrins du lion
Venaient se poser sur nos genoux
Et la Mort laissait tomber son livre.

Table

DU MÊME AUTEUR

Aux mêmes éditions

Un Anglais sous les tropiques
roman, 1984, réédition 1995
et « Points », n° P10

Comme neige au soleil
roman, 1985, réédition à paraître
« Points », n° P35

La Croix et la Bannière
roman, 1986, réédition 2001

Les Nouvelles Confessions
roman, 1988
et « Points », n° P34

La Chasse au lézard
nouvelles, 1990
et « Points » n° P381

Brazzaville plage
roman, 1991
et « Points » n° P33

L'Après-midi bleu
roman, 1994
et « Points » n° P235

Le Destin de Nathalie X
nouvelles, 1996
et « Points » n° P480

Armadillo
roman, 1998
et « Points » n° P625

IMPRESSION : S.N. FIRMIN DIDOT, AU MESNIL-SUR-L'ESTRÉE
DÉPÔT LÉGAL : AVRIL 2001. N° 49520 (54834)

Collection Points

DERNIERS TITRES PARUS

P665. Evaristo Carriego, *par Jorge Luis Borges*
P666. Les Jungles pensives, *par Michel Rio*
P667. Pleine Lune, *par Antonio Muñoz Molina*
P668. La Tyrannie du plaisir, *par Jean-Claude Guillebaud*
P669. Le Concierge, *par Herbert Lieberman*
P670. Bogart et Moi, *par Jean-Paul Nozière*
P671. Une affaire pas très catholique, *par Roger Martin*
P672. Elle et Lui, *par George Sand*
P673. Histoires d'une femme sans histoire, *par Michèle Gazier*
P674. Le Cimetière des fous, *par Dan Franck*
P675. Les Calendes grecques, *par Dan Franck*
P676. Mon idée du plaisir, *par Will Self*
P677. Mémorial de Sainte-Hélène, tome 1
par Emmanuel de Las Cases
P678. Mémorial de Sainte-Hélène, tome 2
par Emmanuel de Las Cases
P679. La Seiche, *par Maryline Desbiolles*
P680. Le Voyage de Théo, *par Catherine Clément*
P681. Sans moi, *par Marie Desplechin*
P682. En cherchant Sam, *par Patrick Raynal*
P683. Balkans-Transit, *par François Maspero*
P684. La Plus Belle Histoire de Dieu
par Jean Bottéro, Marc-Alain Ouaknin et Joseph Moingt
P685. Le Gardien du verger, *par Cormac McCarthy*
P686. Le Prix de la chair, *par Donna Leon*
P687. Tir au but, *par Jean-Noël Blanc*
P688. Demander la lune, *par Dominique Muller*
P689. L'Heure des adieux, *par Jean-Noël Pancrazi*
P690. Soyez heureux, *par Jean-Marie Lustiger*
P691. L'Ordre naturel des choses, *par António Lobo Antunes*
P692. Le Roman du conquérant, *par Nedim Gürsel*
P693. Black Betty, *par Walter Mosley*
P694. La Solitude du coureur de fond, *par Allan Sillitoe*
P695. Cités à la dérive, *par Stratis Tsirkas*
P696. Méroé, *par Olivier Rolin*
P697. Bar des flots noirs, *par Olivier Rolin*
P698. Hôtel Atmosphère, *par Bertrand Visage*
P699. Angelica, *par Bertrand Visage*
P700. La petite fille qui aimait trop les allumettes
par Gaétan Soucy

P701. Je suis le gardien du phare, *par Eric Faye*
P702. La Fin de l'exil, *par Henry Roth*
P703. Small World, *par Martin Suter*
P704. Cinq photos de ma femme, *par Agnès Desarthe*
P705. L'Année du tigre, *par Philippe Sollers*
P706. Les Allumettes de la sacristie, *par Willy Deweert*
P707. Ô mort, vieux capitaine..., *par Joseph Bialot*
P708. Images de chair, *par Noël Simsolo*
P709. L'Œuvre de Dieu, la Part du Diable
scénario par John Irving
P710. La Ratte, *par Günter Grass*
P711. Une rencontre en Westphalie, *par Günter Grass*
P712. Le Roi, le Sage et le Bouffon
par Shafique Keshavjee
P713. Esther et le Diplomate, *par Frédéric Vitoux*
P714. Une sale rumeur, *par Anne Fine*
P715. Souffrance en France, *par Christophe Dejours*
P716. Jeunesse dans une ville normande
par Jacques-Pierre Amette
P717. Un chien de sa chienne, *par Roger Martin*
P718. L'Ombre de la louve, *par Pierre Pelot*
P719. Michael K, sa vie, son temps, *par J. M. Coetzee*
P720. En attendant les barbares, *par J. M. Coetzee*
P721. Voir les jardins de Babylone, *par Geneviève Brisac*
P722. L'Aveuglement, *par José Saramago*
P723. L'Évangile selon Jésus-Christ, *par José Saramago*
P724. Si ce livre pouvait me rapprocher de toi
par Jean-Paul Dubois
P725. Le Capitaine Alatriste, *par Arturo Pérez-Reverte*
P726. La Conférence de Cintegabelle, *par Lydie Salvayre*
P727. La Morsure des ténèbres, *par Brigitte Aubert*
P728. La Splendeur du Portugal, *par António Lobo Antunes*
P729. Tlacuilo, *par Michel Rio*
P730. Poisson d'amour, *par Didier van Cauwelaert*
P731. La Forêt muette, *par Pierre Pelot*
P732. Départements et Territoires d'outre-mort
par Henri Gougaud
P733. Le Couturier de la Mort, *par Brigitte Aubert*
P734. Entre deux eaux, *par Donna Leon*
P735. Sheol, *par Marcello Fois*
P736. L'Abeille d'Ouessant, *par Hervé Hamon*
P737. Besoin de mirages, *par Gilles Lapouge*
P738. La Porte d'or, *par Michel Le Bris*
P739. Le Sillage de la baleine, *par Francisco Coloane*
P740. Les Bûchers de Bocanegra, *par Arturo Pérez-Reverte*

P741. La Femme aux melons, *par Peter Mayle*
P742. La Mort pour la mort, *par Alexandra Marinina*
P743. La Spéculation immobilière, *par Italo Calvino*
P744. Mitterrand, une histoire de Français.
1. Les Risques de l'escalade, *par Jean Lacouture*
P745. Mitterrand, une histoire de Français.
2. Les Vertiges du sommet, *par Jean Lacouture*
P746. L'Auberge des pauvres, *par Tahar Ben Jelloun*
P747. Coup de lame, *par Marc Trillard*
P748. La Servante du seigneur
par Denis Bretin et Laurent Bonzon
P749. La Mort, *par Michel Rio*
P750. La Statue de la liberté, *par Michel Rio*
P751. Le Grand Passage, *par Cormac McCarthy*
P752. Glamour Attitude, *par Jay McInerney*
P753. Le Soleil de Breda, *par Arturo Pérez-Reverte*
P754. Le Prix, *par Manuel Vázquez Montalbán*
P755. La Sourde, *par Jonathan Kellerman*
P756. Le Sténopé, *par Joseph Bialot*
P757. Carnivore Express, *par Stéphanie Benson*
P758. Monsieur Pinocchio, *par Jean-Marc Roberts*
P759. Les Enfants du Siècle, *par François-Olivier Rousseau*
P760. Paramour, *par Henri Gougaud*
P761. Les Juges, *par Élie Wiesel*
P762. En attendant le vote des bêtes sauvages
par Ahmadou Kourouma
P763. Une veuve de papier, *par John Irving*
P764. Des putes pour Gloria, *par William T. Vollman*
P765. Ecstasy, *par Irvine Welsh*
P766. Beau Regard, *par Patrick Roegiers*
P767. La Déesse aveugle, *par Anne Holt*
P768. Au cœur de la mort, *par Lawrence Block*
P769. Fatal Tango, *par Jean-Paul Nozière*
P770. Meurtres au seuil de l'an 2000
par Éric Bouhier, Yves Dauteuille, Maurice Detry, Dominique Gacem, Patrice Verry
P771. Le Tour de France n'aura pas lieu
par Jean-Noël Blanc
P772. Sharkbait, *par Susan Geason*
P773. Vente à la criée du lot 49, *par Thomas Pynchon*
P774. Grand Seigneur, *par Louis Gardel*
P775. La Dérive des continents, *par Morgan Sportès*
P776. Single & Single, *par John le Carré*
P777. Ou César ou rien, *par Manuel Vázquez Montalbán*
P778. Les Grands Singes, *par Will Self*

P779. La Plus Belle Histoire de l'homme, *par André Langaney, Jean Clottes, Jean Guilaine et Dominique Simonnet*
P780. Le Rose et le Noir, *par Frédéric Martel*
P781. Le Dernier Coyote, *par Michael Connelly*
P782. Prédateurs, *par Noël Simsolo*
P783. La gratuité ne vaut plus rien, *par Denis Guedj*
P784. Le Général Solitude, *par Éric Faye*
P785. Le Théorème du perroquet, *par Denis Guedj*
P786. Le Merle bleu, *par Michèle Gazier*
P787. Anchise, *par Maryline Desbiolles*
P788. Dans la nuit aussi le ciel, *par Tiffany Tavernier*
P789. À Suspicious River, *par Laura Kasischke*
P790. Le Royaume des voix, *par Antonio Muñoz Molina*
P791. Le Petit Navire, *par Antonio Tabucchi*
P792. Le Guerrier solitaire, *par Henning Mankell*
P793. Ils y passeront tous, *par Lawrence Block*
P794. Ceux de la Vierge obscure, *par Pierre Mezinski*
P795. La Refondation du monde, *par Jean-Claude Guillebaud*
P796. L'Amour de Pierre Neuhart, *par Emmanuel Bove*
P797. Le Pressentiment, *par Emmanuel Bove*
P798. Le Marida, *par Myriam Anissimov*
P799. Toute une histoire, *par Günter Grass*
P800. Jésus contre Jésus, *par Gérard Mordillat et Jérôme Prieur*
P801. Connaissance de l'enfer, *par António Lobo Antunes*
P802. Quasi objets, *par José Saramago*
P803. La Mante des Grands-Carmes, *par Robert Deleuse*
P804. Neige, *par Maxence Fermine*
P805. L'Acquittement, *par Gaëtan Soucy*
P806. L'Évangile selon Caïn, *par Christian Lehmann*
P807. L'Invention du père, *par Arnaud Cathrine*
P808. Le Premier Jardin, *par Anne Hébert*
P809. L'Isolé Soleil, *par Daniel Maximin*
P810. Le Saule, *par Hubert Selby Jr.*
P811. Le Nom des morts, *par Stewart O'Nan*
P812. V., *par Thomas Pynchon*
P813. Vineland, *par Thomas Pynchon*
P814. Malina, *par Ingeborg Bachmann*
P815. L'Adieu au siècle, *par Michel Del Castillo*
P816. Pour une naissance sans violence, *par Frédérick Leboyer*
P817. André Gide, *par Pierre Lepape*
P818. Comment peut-on être breton ?, *par Morvan Lebesque*
P819. London Blues, *par Anthony Frewin*
P820. Sempre caro, *par Marcello Fois*
P821. Palazzo maudit, *par Stéphanie Benson*
P822. Le Labyrinthe des sentiments, *par Tahar Ben Jelloun*

P823. Iran, les rives du sang, *par Fariba Hachtroudi*
P824. Les Chercheurs d'os, *par Tahar Djaout*
P825. Conduite intérieure, *par Pierre Marcelle*
P826. Tous les noms, *par José Saramago*
P827. Méridien de sang, *par Cormac McCarthy*
P830. Pour que la terre reste humaine, *par Nicolas Hulot, Robert Barbault et Dominique Bourg*
P831. Une saison au Congo, *par Aimé Césaire*
P832. Le Manège espagnol, *par Michel Del Castillo*
P833. Le Berceau du chat, *par Kurt Vonnegut*
P834. Billy Straight, *par Jonathan Kellerman*
P835. Créance de sang, *par Michael Connelly*
P836. Le Petit reporter, *par Pierre Desproges*
P837. Le Jour de la fin du monde…, *par Patrick Grainville*
P838. La Diane rousse, *par Patrick Grainville*
P839. Les Forteresses noires, *par Patrick Grainville*
P840. Une rivière verte et silencieuse, *par Hubert Mingarelli*
P841. Le Caniche noir de la diva, *par Helmut Krausser*
P842. Le Pingouin, *par Andreï Kourkov*
P843. Mon siècle, *par Günter Grass*
P844. Les Deux Sacrements, *par Heinrich Böll*
P845. Les Enfants des morts, *par Heinrich Böll*
P846. Politique des sexes, *par Sylviane Agacinski*
P847. King Sickerman, *par George P. Pelecanos*
P848. La Mort et un peu d'amour, *par Alexandra Marinina*
P849. Pudding mortel, *par Margarety Yorke*
P850. Hemoglobine Blues, *par Philippe Thirault*
P851. Exterminateurs, *par Noël Simsolo*
P852. Une curieuse solitude, *par Philippe Sollers*
P853. Les Chats de hasard, *par Anny Duperey*
P854. Les Poissons me regardent, *par Jean-Paul Dubois*
P855. L'Obéissance, *par Suzanne Jacob*
P856. Visions fugitives, *par William Boyd*
P857. Vacances anglaises, *par Joseph Connolly*
P858. Le Diamant noir, *par Peter Mayle*
P859. Péchés mortels, *par Donna Leon*
P860. Le Quintette de Buenos Aires *par Manuel Vázquez Montalbán*
P861. Y'en a marre des blondes, *par Lauren Anderson*
P862. Descente d'organes, *par Brigitte Aubert*
P863. Autoportrait d'une psychanalyse, *par Françoise Dolto*
P864. Théorie quantitative de la démence, *par Will Self*
P865. Cabinet d'amateur, *par Georges Perec*
P866. Confessions d'un enfant gâté *par Jacques-Pierre Amette*